DREAMBOOKS

오렌 퓨전판타지 장편소설
FUSION FANTASY STORY & ADVENTURE

幻野魔帝
환야의미제

10

dream
books
드림북스

환야의 마제 10 (완결)

초판 1쇄 인쇄 / 2016년 2월 2일
초판 1쇄 발행 / 2016년 2월 12일

지은이 / 오렌

발행인 / 오영배
책임편집 / 편집부
펴낸 곳 / (주)삼양출판사 · 드림북스

주소 / 서울특별시 강북구 도봉로 173
대표 전화 / 02-980-2112 팩스 / 02-983-0660
편집부 전화 / 02-980-2116 팩스 / 02-983-8201
블로그 / blog.naver.com/dreambookss

등록번호 / 제9-00046호
등록일자 / 1999년 3월 11일

ⓒ 오렌, 2016

값 8,000원

ISBN 979-11-313-0489-1 (04810) / 978-89-542-5380-2 (세트)

* 지은이와 협의하에 인지는 생략합니다.
* 잘못된 책은 구입한 곳에서 바꾸어 드립니다.

이 도서의 국립중앙도서관 출판시도서목록(CIP)은 서지정보유통지원시스템홈페이지
(http://seoji.nl.go.kr)와 국가자료공동목록시스템(http:// www.nl.go.kr/kolisnet)에서
이용하실 수 있습니다. (CIP제어번호: 2016002110)

10

오렌 퓨전판타지 장편소설

FUSION FANTASY STORY & ADVENTURE

幻野魔帝
환야의미제

★
dream
books
드림북스

幻野魔帝

환야의 미제

Chapter 1

새로운 운명들

칼드 제국의 황궁, 황제의 대전.

번쩍이는 누대 위 옥좌에는 흑색의 긴 머리를 허리까지 내려트린 사내가 앉아 있었다. 사내의 두 눈은 흑색 일색이었는데 음침하면서도 사악했고, 동시에 매우 권태로워 보였다.

그가 바로 칼드 제국의 황제인 베네트 3세였다.

물론 엄밀히 말하면 마왕 테네칸의 분신이 바로 그였다.

그는 무엇 때문인지 표정을 잔뜩 찡그리고 있었다.

"어떻게 된 일인지 설명해 봐라, 바트렐!"

학자풍의 노인 바트렐은 현 칼드 제국의 재상으로 테네

칸 대신 실질적으로 국정을 운영하고 있는 제국의 실세였다.

물론 그는 본래 르메스 대륙에 존재한다는 일곱 드래곤 중의 하나였다.

"거두절미하고 결론만 말씀드리지요. 루켈다스와 프루아가 안개 저편으로 사라졌습니다. 아직 이유는 밝혀내지 못했습니다."

"으득! 그놈들이 미쳤나 보군. 그곳이 어디라고 감히!"

테네칸의 두 눈에서 흉광이 번뜩였다.

"내가 분명 경고했다. 너희 드래곤들이라 해도 나의 명을 어길 경우 가만두지 않겠다고 말이야."

"알고 있사옵나이다, 폐하."

바트렐을 비롯한 드래곤들은 몸을 떨었다. 그중에는 실버 드래곤 안젤루스와 레드 드래곤 수피겔도 포함되어 있었다.

'대체 그것들이 왜 그런 미친 짓을 했을까?'

'으! 빌어먹을! 이러다 우리까지 몽땅 죽는 것 아닌지 모르겠군.'

그야말로 마른하늘에 날벼락이었다. 아루드 성에서 맛있게 요리를 먹던 안젤루스는 테네칸의 긴급소환명령에 깜짝 놀라 황궁으로 날아왔다.

그러다 루켈다스와 프루아가 크리오스 왕국으로 사라졌다는 믿기지 않는 말을 듣고는 귀를 의심했다.

그들로서는 도무지 이해할 수 없었다.

크리오스 왕국은 마왕 테네칸의 명령이 아니어도 절대 가고 싶지 않은 장소였다. 드래곤인 그들에게는 더더욱 두려움과 공포의 장소인 것이다.

그저 안개를 쳐다보기만 해도 모든 것을 잃어버릴 것 같은 두려움이 엄습해 오지 않았던가.

따라서 아무리 루켈다스와 프루아가 일순간 정신이 나간 상태라 해도 그곳으로 갔다는 것은 있을 수 없는 일이었다.

그때 테네칸이 수피겔을 노려봤다.

"수피겔! 듣자 하니 루켈다스가 사라지기 전 너와 한바탕 전투를 벌였다고 하던데, 둘이 싸운 이유가 뭐지?"

그 말에 수피겔은 움찔하며 대답했다.

"실은 제가 녀석의 관할 하에 있는 아트리아 숲에서 고대 거신병을 하나 찾아냈습니다."

"고대 거신병? 정말이냐?"

테네칸이 뜻밖이라는 듯 눈을 크게 떴다. 순간 수피겔은 속으로 울상을 지으며 아공간에서 오후스의 방패를 꺼냈다.

'크흑! 이건 이제 내 손을 떠났구나.'

수피겔은 테네칸이 보물에 얼마나 욕심이 많은지 잘 알고 있었다. 드래곤들의 탐욕은 마왕의 탐욕에 비하면 애교 수준이리라.

그런 테네칸의 앞에서 고대 고신병을 내보이게 되면 어떤 일이 벌어지겠는가. 하지만 그렇다고 거짓말을 할 수도 없을 터였다.

"호오! 범상치 않은 기운이 느껴지는군. 과연 고대 거신병이 맞구나."

아니나 다를까, 번쩍이는 금빛의 방패를 보는 순간 테네칸의 두 눈이 빛났다. 흥미가 동한 모양이었다.

그러자 다른 드래곤들이 험악한 눈빛을 하며 수피겔에게 눈치를 주었다.

빨리 가져다 바치지 않고 뭐하냐는 뜻.

'빌어먹을! 네놈들이라면 선뜻 바치겠느냐?'

수피겔은 속으로 울화통이 터졌지만 어쩔 수 없다는 듯 무릎걸음으로 황제 앞에 다가가 방패를 들어 올렸다.

"그렇지 않아도 로드께 바치려던 보물이었습니다. 거신병의 이름은 오후스의 방패라고 하옵니다."

그러자 테네칸이 차갑게 웃었다.

"과연 네가 퍽이나 내게 바치려고 했겠구나. 이런 일이 없었다면 감쪽같이 숨기고 있었겠지. 잘 봤으니 다시 가져가거라."

테네칸은 오후스의 방패를 한 번 살펴보고는 수피겔에게 다시 건넸다. 수피겔은 냉큼 받고 싶었지만 그런 일을 벌였을 경우 어떤 참상이 펼쳐질지 잘 알고 있었다.

"아니옵니다. 로드께 바치겠사옵니다. 저의 작은 성의이오니 부디 받아주소서."

그러자 테네칸의 입가에 비로소 흡족한 미소가 맺혔다.

"네 성의가 그렇다니 내가 어찌 거절하겠느냐."

테네칸은 방패를 무릎 위에 놓고 마치 고양이의 머리를 쓰다듬듯 부드럽게 그것을 문질렀다. 마왕인 그에게는 거신병이 꽤 있지만 새로운 보물을 얻는 것은 언제나 기분 좋은 일이었다.

"그건 그렇고, 너는 루켈다스 녀석이 갑자기 크리오스 왕국으로 가게 된 이유가 뭐라고 생각하느냐? 설마 네게 방패를 빼앗긴 것에 대해 울화통이 터져 홧김에 간 것은 아닐 테고."

수피겔은 잠시 생각에 잠겼다가 대답했다.

"루켈다스 녀석이 비록 속이 좁고 간혹 미친 짓을 하고는 하지만 그래도 스스로 크리오스 왕국으로 건너갈 만큼 멍청한 놈은 아닙니다. 물론 프루아도 마찬가집니다."

"스스로는 아니라. 그렇다면 네 생각은 누군가 그 녀석들을 강제로 끌고 갔다는 말이냐?"

그것은 더욱 허무맹랑한 얘기였다. 감히 르메스 대륙에서 그 누가 드래곤 둘을 끌고 크리오스 왕국으로 간다는 말인가?

"안젤루스! 네 생각은 어떠냐?"

"솔직히 모르겠습니다. 그렇다고 크리오스 왕국으로 건너가 물어볼 수도 없는 일이고……."

안젤루스는 머리를 긁적이며 대답했다. 테네칸은 인상을 찌푸렸다.

"어쩔 수 없지. 이후에 또 같은 일이 벌어지지 않는다는 보장이 없으니 크리오스 왕국의 국경에 마족들과 마물 군단을 배치하겠다. 그 사이 너희들은 어떤 식으로든 그 녀석들이 대체 왜 크리오스 왕국으로 건너갔는지에 대한 구체적인 이유를 알아내라."

"예, 로드."

"예, 폐하."

드래곤들은 속으로 울상을 지었다. 만일 그들이 그 이유를 알아낼 수 있었다면 이미 알아냈을 것이다. 아무리 봐도 그것은 시간을 더 준다고 알아낼 수 있는 성질의 것이 아니었다.

'으! 이제 죽었구나.'

'저 성질에 매일 난리를 칠 텐데.'

앞으로도 계속 황궁으로 불려와 닦달을 당할 생각을 하니 그들은 한숨이 나오지 않을 수 없었다.

＊　　　＊　　　＊

"스승님! 요리 재료들이 모두 준비되었어요."

방 안에서 흑룡을 통해 안개 저편의 세계인 크리오스 왕국의 모습을 보고 있었던 샤크는 엘븐 고블린 타디안의 말에 고개를 끄덕이며 일어났다.

"빠르기도 하군. 오늘 재료는 뭐냐?"

"오늘 재료는 파리안 영지의 금갑숭어와 북해의 철갑왕가재예요."

도마 위에는 금빛의 큼직한 숭어 한 마리와 거무튀튀한 왕가재가 놓여 있었다.

슥슥.

샤크는 먼저 금빛의 숭어부터 어루만졌다. 물론 그냥 만지작거리는 것이 아니라 무극지기를 주입해 맛을 기막히게 낼 수 있는 초신요리법을 펼치는 중이었다.

한때는 파리안 왕국이었던 곳이 지금은 칼드 제국의 일개 영지로 전락했다. 그곳에서 간혹 희귀하게 금갑숭어라는 물고기가 발견된다는 전설이 있는데, 푸드 헌터들은 불과 반나절도 안 되어 그것을 찾아낸 모양이었다.

그리고 북해의 철갑왕가재도 금갑숭어 못지않은 희귀한 것이었다. 평생 바다에서 물고기만 잡는 어부들도 한 번 보기 힘들다고 했으니 말이다.

'망할 드래곤 녀석! 이러다 희귀한 어종들이 남아나지 않겠군.'

어종뿐인가? 들짐승이나 산짐승, 조류들도 마찬가지였다. 야채로 먹는 것들도 가히 영초에 가까운 것들만 채취해서 즐겨 먹는 녀석이 바로 탐식가이자 미식가 드래곤인 안젤루스인 것이다.

탁.

샤크는 두 개의 재료에 초신요리법을 펼친 후 양손을 털었다.

"되었다. 이제 나머진 네가 알아서 하도록 해라."

"네, 스승님."

타디안은 예쁜 미소를 지으며 대답하고는 본격적으로 메인 요리를 시작했다. 그녀 옆으로 보조 요리사들이 분주하게 움직이며 사이드 요리를 준비했다.

샤크는 달리 할 일도 없고 해서 다시 흑룡이 뭘 하고 있나 살펴보기로 했다. 그때 타디안이 문득 말했다.

"스승님! 아무래도 오늘은 조심하는 게 좋겠어요. 로드께서 매우 기분이 안 좋아 보이셨거든요."

"그렇겠지."

샤크는 픽 웃으며 당연하다는 듯 고개를 끄덕였다. 그러자 타디안은 고개를 갸웃했다.

"네? 스승님께서는 벌써 알고 계셨어요?"

오늘 요리 재료를 듣기 위해 안젤루스를 찾아갔던 타디안은 평소와 달리 심각하도록 굳어져 있는 그의 표정을 보고 공포에 질렸던 것이다.

물론 그녀는 안젤루스의 성격이 매우 괴팍하며 또한 노예들을 착취하는 악덕 드래곤이라는 사실을 잘 알고 있었지만, 그래도 요리사들에게는 항상 친절한 그였다.

특히 지난 삼 년 동안 수석 요리사였던 타디안에게는 마치 다정한 애인에게 하듯 시종 부드러운 미소를 풀지 않았던 것이다.

그런데 무슨 일이 있는지 오늘 안젤루스는 안색이 얼음장처럼 굳어 있었다. 뭔가 심상치 않은 일이 생긴 것이 틀림없었다.

물론 그 와중에도 요리는 빠뜨리지 않고 먹겠다는 듯 타디안이 가자 냉큼 요리 재료를 정해 주긴 했지만 말이다.

하지만 타디안은 아무래도 오늘은 샤크가 평소처럼 안젤루스에게 무례하게 굴면 자칫 큰일이 벌어질 수 있다는 우려가 들었다.

그런데 샤크는 이미 안젤루스가 그런 상태라는 것을 알고 있는 듯했다. 뿐만 아니라 그래 봤자 별것 아니라는 듯 시큰둥한 표정을 짓고 있었다.

"신경 쓸 것 없다. 그놈은 머리에 벼락을 맞아 뒈질 상황에도 먹을 것만은 절대 양보하지 않을 놈이거든. 아마 딴 데서 화풀이를 해도 요리사들에게는 잘 대해 줄 거야."

"호호! 로드는 드래곤이신데 벼락 좀 맞는다고 뒈지……아, 돌아가시진 않겠죠. 그보다 스승님은 어떻게 로드의 기분이 좋지 않다는 사실을 알고 계세요?"

"그냥 다 아는 수가 있단다. 아무튼 요리가 완성되면 불러라. 난 그동안 아래층에 내려가 있겠다."

"또 그 털보 오크 주점에 가 계실 거죠?"

"거기가 싸고 맛있으니까."

샤크는 씩 웃고는 포탈 관리 정령이 있는 곳으로 걸어갔다. 귀여운 소녀 정령이 두 눈을 반짝였다.

"어서 오세요, 수석 요리사님. 오늘도 28층으로 가실 건가요?"

"그래. 잘 아는구나."

샤크는 소녀 정령의 머리를 슥 한 번 쓰다듬어 주었다. 소녀 정령이 활짝 웃었다.

"헤헤! 다른 곳도 놀러 다녀 보세요. 주점은 다른 층에도 많아요."

환한 빛과 함께 샤크의 몸은 어느새 28층으로 이동해 있었다. 청년 정령이 반갑게 맞았다.

"하핫! 어서 오십시오, 수석 요리사님. 28층에서 즐거운 시간 보내십시오."

"그래. 항상 수고 많다."

샤크는 털보 오크 주점으로 향했다. 주점에 도착하자 덥수룩한 털에 우락부락한 인상, 전신이 근육질로 이루어진 거구의 오크가 꾸벅 허리를 숙였다.

"취익! 형님! 오셨습니까요?"

이 오크는 자주 오는 단골에게는 형님 혹은 누님이라고 부른다 했다. 저런 우락부락한 인상의 오크에게 형님 소리를 듣고 있으니 샤크는 왠지 기분이 묘했다.

"취익! 오늘은 뭐로 드릴까요, 형님?"

"흑맥주에 아무거나."

"취익! 크크, 매번 오시니 오늘은 아무거나에 특별히 눈알 꼬치 구이를 더해 드리겠습니다요, 형님."

"그러면 고맙…… 잠깐! 그거 말고 다른 건 없나?"

눈알 꼬치라니. 마왕 때라면 별 생각 없이 맛있게 먹었겠지만, 지금은 인간이다. 아무리 그래도 눈알 꼬치는 아닌 것이다.

샤크가 인상을 찌푸리며 말하자 오크는 겸연쩍은 표정을 지으며 헤헤 웃었다.

"취익! 그게 모양은 그래도 꽤 맛있습니다요. 하지만 형님이 싫어하시니 말린 로카리를 드리겠습니다요."

"좋아, 그거면 되겠군."

로카리는 북해에서 흔히 포획되는 물고기 중의 하나로 무척 저렴한 편이었다. 따라서 말린 로카리는 땅콩이나 말린 오징어 못지않게 맥주 안주로 애용되곤 했다.

벌컥!

'후후, 시원하군……. 그럼 녀석이 뭘 하고 있나 볼까?'

테이블 위에 나온 큼직한 흑맥주 잔을 냉큼 들어 한 모금 마신 샤크의 눈빛이 몽롱하게 변했다.

설마 맥주 한 모금 마시고 취했다는 말인가?

물론 아니다.

그저 그의 시선이 한 곳을 향하고 있기 때문에 몽롱한 듯 보이는 것뿐이었다.

그곳은 어디일까?

안개 저편의 세계!

그의 또 다른 자신이 존재하는 곳!

다름 아닌 크리오스 왕국이었다.

"정말 흑룡 아저씨세요?"

리닌은 흑룡을 보며 믿기지 않는다는 듯 두 눈을 크게 떴다.

'말도 안 돼!'

그녀가 보았던 흑룡은 꽤 멋지게 생기긴 했다. 하지만 그 멋진 모습은 사실 얼굴이 잘생긴 것이라기보다는 금빛의 갑주가 주는 신비함에서 비롯된 것이라 할 수 있었다.

즉, 본래 흑룡은 잘생긴 얼굴이라기엔 차라리 섬뜩할 정도로 차가운 인상이었다.

그러나 지금 자신을 흑룡이라 칭하는 청년은 그간 리닌이 보았던 흑룡과는 분위기 자체가 달랐다.

일단 전혀 차가워 보이지 않았다. 오히려 그 반대였다.

얼굴이 잘생긴 것도 있었지만, 그의 눈빛은 무척 맑았고 또한 강인했다.

그저 보는 것만으로도 왠지 절로 존경심이 들 정도로 정의로워 보였다.

그러니 어찌 혼란스럽지 않겠는가.

'정말 흑룡 아저씨일까?'

멍한 표정을 짓는 리닌을 보며 흑룡은 잔잔히 미소 지었다.

"놀랄 것 없다. 네가 페어리가 된 것처럼 나도 새로운 운명을 얻었고, 그 과정에서 모습이 좀 변했을 뿐이다."

"그래도 너무 달라졌어요."

"흠, 이전의 모습이 더 좋으냐?"

"호호! 지금 모습이 훨씬 좋아요."

리닌은 활짝 웃더니 흑룡의 주위를 빙빙 돌다가 힐끔 눈치를 보더니 그의 어깨에 슬쩍 내려앉았다.

"앉아도 되죠?"

"이미 앉아 놓고 묻는 건 무엇이냐?"

"헤헤!"

"그보다 너의 엄마는 어디 있느냐?"

"저도 지금 찾고 있어요."

"그럼 함께 찾아보도록 하자."

"잠깐만요. 물 좀 마시고요."

리닌은 팔락 나비처럼 날아서 샘에 내려앉아 양손에 물을 담아 할짝할짝 마시기 시작했다.

'그나저나 저 녀석이 페어리가 되었으니 과연 용자로 성장할 수 있을지 의문이군.'

샤크가 용자로 점찍어 뒀던 리닌이 페어리라는 새로운 운명을 얻었다. 과연 그것이 리닌이 용자가 되는 데 도움이 될지 아니면, 용자와는 관계없는 삶을 살게 이끌지 알 수 없었다.

'어떤 삶을 살든 리닌의 자유일 뿐이다.'

샤크와 달리 흑룡은 여전히 리닌을 꼭 용자로 만들겠다는 집착은 없었다. 리닌이 용자가 되면 이상적이긴 하겠지만 그것을 꼭 강요하고 싶은 생각은 없었고, 그녀가 무엇을 하든 그녀 하고 싶은 대로 한다면 그것이 좋다고 생각했다.

그리고 사실 따지고 보면 샤크 역시 그 같은 생각은 동일했다. 그 역시 리닌이 용자의 재목이라 생각을 해서 옥녀봉 황심공을 전수해 줬지만, 그렇다 해서 반드시 그녀에게 용자로 성장해야 한다며 강요할 생각은 없었으니까.

부스럭.

한편 리닌이 물을 마시고 있는 사이 샘이 있는 곳으로 접근하는 이가 있었느니.

그녀는 훤칠한 키에 푸른 머리카락을 가진 엘프였다.

다름 아닌 헤나.

놀랍게도 그녀의 새로운 운명은 엘프였다.

'그러고 보니 둘 다 요정이군.'

엄마는 엘프, 딸 리닌은 페어리였다. 둘은 비슷한 운명을 부여받은 것이다.

"엄마!"

"리닌!"

헤나는 키가 훤칠하게 더 커지고 귀가 투명한 다이아몬드처럼 환하게 반짝이는 것 외에는 달리 바뀐 것이 없었다.

리닌 또한 키가 반으로 작아지고 날개가 생겨났다는 것 외에는 달라진 것이 없어 둘은 한눈에 서로를 알아볼 수 있었다.

"호호! 우리 리닌이 페어리가 됐구나."

"와! 엄마가 엘프라니!"

둘은 서로의 모습이 신기한 듯 눈을 반짝이며 쳐다봤다.

그러다 헤나는 힐끗 흑룡을 쳐다보며 고개를 갸웃했다.

"저자는 누구야?"

"흑룡 아저씨."

"뭐?"

리닌의 말에 헤나는 믿을 수 없다는 듯 두 눈을 둥그렇게
떴다. 흑룡은 실소를 지었다.

"왜들 날 보면 그렇게 놀라는 거지?"

"분위기가 너무 달라졌잖아요."

헤나는 여전히 흑룡 앞에서는 조심스러웠다. 흑룡이 아
무리 이전에 비할 수 없이 온화한 모습으로 변했다 해도,
그가 흑룡구타술을 펼치던 장면을 떠올리면 끔찍하기 이를
데 없었던 것이다.

물론 흑룡으로 인해 크리오스 왕국으로 올 수 있었기에
그에 대해서는 무척 고마워하고 있었다. 다만 그가 왠지 두
려워 선뜻 친근하게 대하지 못할 뿐이었다.

"큭큭! 엘프와 페어리라. 인간들이 동경하던 것은 역시
요정인 것인가?"

그때 조금은 싸늘한 음성과 함께 뭔가가 다가왔다. 그의

신장은 2로빗(m)이 넘었고, 전신이 탁한 황갈색으로 이루어져 있었는데, 두 눈만 백색으로 번뜩였다.

황갈색의 골렘!

흑룡은 그 골렘을 보는 순간 그가 누구인지 대번에 짐작이 갔다.

'루켈다스 녀석이로군. 진룡족이 되다니 놀랍구나.'

진룡족(眞龍族)이란 보통의 용족인 드래곤들보다 한 차원 높은 수준의 희귀한 용족들을 의미했다.

보통의 드래곤들이 마족들과 비슷한 수준의 능력을 가졌다면, 진룡들은 마왕들과 흡사하거나 때론 그들을 능가하는 수준의 능력을 가지고 있었다.

그리고 진룡들 중에서 아주 희박한 확률로 초용족(超龍族)이 되는 경우가 있는데, 다름 아닌 초월자의 경지라 할 수 있었다.

환야에서 샤크가 상대했던 일루전의 초월자들 중에도 진룡족 출신이 존재했을 정도였다.

따라서 루켈다스에게도 놀라울 정도의 새로운 운명이 주어진 것이 분명했다.

그러나 헤나와 리닌과 달리 루켈다스는 마치 똥이라도 씹은 듯 표정이 좋지 않았다.

'빌어먹을! 마나가 한 줌도 없다니. 명색만 진룡이면 뭘 하나. 이대로라면 오크 하나라도 상대할 수 있을지 모르겠군.'

새로운 운명의 부여가 인간인 헤나와 리닌에게는 가슴 벅차는 일이었지만, 드래곤인 루켈다스에게는 전혀 반가운 일이 아니었다.

물론 그도 한때 자신이 진룡이었으면 좋겠다는 소망을 품었던 적도 있었다. 마왕조차 두려워하지 않는 강력한 진룡족이 되어 세상을 활보하고 싶었던 꿈이 있었던 것이다.

그러나 그가 원했던 것은 강력한 힘을 가진 진룡이었지, 이처럼 연약한 진룡이 아니었다.

그는 진룡이 되며 아공간의 모든 보물을 빼앗겼다. 심지어 아공간 자체도 사용하지 못하고, 남은 건 그저 흉물스러운 똥빛 몸뚱이가 다였다.

몬스터를 무수히 많이 죽이면 언젠가는 똥빛이 금빛으로 변하며 진룡으로서의 진정한 능력을 각성하게 된다지만, 그런 건 전혀 귀에 들어오지 않았다.

'제길! 피부색이 이게 뭐란 말이냐?'

아름다운 금발과 보석 가루를 뿌려 놓은 듯 반짝이던 피부는 어디 가고 민머리에 변을 연상케 하는 싯누런 피부라니. 당연히 그는 죽고 싶은 심정이었다.

'으득! 이 모든 건 바로 그놈 때문이다.'

루켈다스는 흑룡을 원망하고 있었다. 흑룡이 아니었다면 이 말도 안 되는 세계로 들어오지도 않았을 것이고, 힘을 빼앗기지도 않았을 것이다.

그렇게 흑룡에게 불만을 가진 자는 루켈다스만이 아니었다. 그 사이 일행의 앞에 또 나타난 푸른빛의 얼음 골렘 또한 표정이 매우 좋지 않았다.

전신이 얼음으로 이루어져 있는 그녀의 몸매는 아름답게 굴곡이 져 있어 여성이라는 것을 짐작하게 했지만, 그것 외에는 그저 얼음 골렘일 뿐이었다.

그나마 누런 똥빛 골렘보다는 봐 줄 만했지만, 언뜻 보면 몬스터가 아닐까 하는 생각이 드는 것은 비슷했다.

그 누가 이 흉물스러운 몸뚱이의 골렘을 진룡이라 생각하겠는가.

"아악! 이 꼴이 대체 뭐야? 내가 왜 이런 꼴이 되어야 해? 누가 진룡이 되길 원했다고! 나를 다시 돌려놔! 돌려놓으라고!"

그렇게 두 진룡들이 나타나 험악한 표정을 짓고 있자 헤나와 리닌은 흠칫 놀라 뒷걸음질 쳤다. 진룡들은 그녀들을 향해서도 매우 적대적인 눈빛을 보내고 있었던 것이다.

그러던 두 진룡의 시선이 힐끗 흑룡을 향했다.

"이봐, 너는 누구지? 카치카인가? 아니면 그 엘프 꼬마 녀석인가?"

"흥! 카치카일 리는 없겠지. 딱 봐도 그 엘프 녀석 같은데?"

그들은 낯선 청년이 설마 흑룡일 것이라고는 짐작하지 못한 듯했다. 흑룡은 못마땅하다는 표정으로 말했다.

"노예들이 마스터도 못 알아보느냐?"

"마스터라면?"

"그럼 당신이 흑룡?"

루켈다스와 프루아는 움찔 놀랐다. 그들 역시 흑룡의 분위기가 너무 달라져 그가 설마 흑룡일 것이라 생각하지 못했던 것이다.

흑룡은 고개를 끄덕였다.

"호들갑 떨지 말고 시엘과 카치카들을 찾아봐라. 일행이 모두 모이면 함께 움직이기로 하자."

"……."

"……."

순간 루켈다스와 프루아는 말없이 서로를 쳐다봤다. 그

들은 뭔가 통하는 것이 있는지 의미심장한 미소를 짓더니 잽싸게 흑룡과 멀리 떨어진 바위 뒤쪽으로 이동했다.

쑥덕쑥덕.

바위 뒤쪽에서 둘이 뭐라 수군대는 소리가 들렸다. 간혹 고개를 내밀고 힐끗 흑룡을 쳐다보는 그들의 눈빛은 마스터를 향한 공손함은 전혀 없었고 오히려 뭔가 상당히 삐딱해 보였다.

Chapter 2

배신의 대가

'저놈들이 아직 정신을 못 차렸군.'

흑룡은 딱 봐도 루켈다스 등이 무슨 작당을 하고 있는지 알 수 있었다.

그들은 자신들이 모든 힘을 상실했듯이 흑룡 역시 마찬가지일 것이라 생각하며, 이 기회에 그에게 보복을 하고자 하는 것이다.

아니나 다를까, 그들은 흑룡을 노예로 만들 생각을 하고 있었다.

"크크, 비록 쓸모없는 몸이지만 내가 저놈보다는 힘이 셀 것이다. 우리가 아무리 허접하게 변했지만 그래도 명색이 진룡 아니냐? 인간에게 질 수는 없지."

"후후, 내 생각도 그래. 지금이야말로 저놈에게 쓴맛을 보여 줄 때야. 그렇지 않아도 인간 노예가 필요했는데 잘됐어."

"쿠하핫! 일단 당한 대로 갚아 주자. 더도 말고 덜도 말고 딱 반나절씩!"

"합치면 한 나절이네."

그렇게 둘은 의기양양한 표정으로 바위 뒤에서 다시 나왔다. 흑룡을 노려보는 그들의 눈빛은 험악하기 그지없었다.

그러자 헤나와 리닌이 그들의 의도를 알아차리고는 흠칫 놀라더니 재빨리 흑룡의 양옆으로 섰다.

"흑룡님을 배신하다니!"

"흑룡 아저씨! 저도 돕겠어요."

헤나는 흑룡이 여전히 두려웠지만 그래도 자신을 도와준 은인이기에 그를 당연히 도와야 한다고 생각했다.

또한 리닌은 무조건 흑룡의 편이었다. 이유는 모르지만 무조건 그래야 한다고 생각했다.

순간 흑룡의 표정에 살짝 감동의 빛이 스쳤다. 흉악스러운 두 진룡들을 보고도 자신을 돕겠다 나서는 두 모녀의 의리에 감동한 것이다.

그는 이내 씩 웃으며 손을 흔들었다.

"괜찮으니 너희들은 뒤로 물러나 있어라. 저놈들이 아직 내가 누군지 모르는 것 같으니 이 기회에 확실히 알려 주도록 하겠다."

흑룡은 두 진룡들이 가소로울 뿐이었다.

그가 아무리 완전한 인간이 되며 이전에 지닌 모든 내공이 사라졌다지만, 그가 누구였던가.

전전생의 무림에서 고금제일인이던 광협 백룡이 바로 그였다.

또한 전생에서는 마왕이었으며, 초월자를 넘어서 혼돈자의 경지에 이르기도 했다.

그런 그가 내공이 좀 없다 해서 저따위 갓 진룡이 된 녀석들에게 지겠는가.

그야말로 두 진룡들은 매를 부르는 짓을 하고 있는 것이었다. 흑룡의 두 눈이 싸늘하게 번뜩였다.

'흑룡구타술에는 굳이 내공이 필요 없는 동작들도 제법 많지.'

흑룡은 목을 좌우로 흔들고 양팔을 아래위로 흔들며 몸을 풀었다. 그러자 루켈다스가 비릿한 미소를 흘렸다.

"큭! 혼자서 우리 둘을 상대해 보겠다? 하긴 저기 요정들이야 어차피 있으나 마나 한 존재이니 어쩔 수 없겠지."

루켈다스는 좌측으로, 프루아는 우측으로 다가왔다.

"각오해라, 흑룡! 네놈이 만든 그 흑룡구타술을 그대로 네놈에게 돌려주도록 하마."

그 말에 흑룡은 싸늘히 웃으며 대답했다.

"지금 너희들의 태도를 보아하니 그간의 과오를 조금도 뉘우치는 기색이 없는 것 같군. 역시 잘못했다고 말한 건 거짓말이었던 건가?"

흑룡의 두 눈에서 섬뜩한 한기가 폭사되자 루켈다스와 프루아는 일순 움찔했다. 그러나 그들은 이내 비소를 흘리며 흑룡을 험악하게 노려봤다.

"흑룡! 네놈은 아직도 너의 분수를 모르는구나. 내가 정말로 너 따위를 마스터로 섬길 거라 생각한다는 거냐?"

"흥! 어리석은 인간 놈! 이제 누가 마스터이고 누가 노예인지 철저히 알려 주겠다."

두 진룡들은 자신들의 승리를 확신했기에 흑룡의 얼굴이 점점 더 굳어지고 있는 것을 보면서도 사뿐하게 무시해 버렸다.

"크크, 더 이상 긴말이 필요 없겠지."

루켈다스가 우람한 두 팔을 번쩍 뻗어 흑룡의 어깨를 잡았다. 동시에 프루아는 잽싸게 흑룡의 후면으로 이동해 그의 뒤통수를 후려쳤다.

그러나 흑룡은 이미 그 자리에 없었다. 루켈다스가 두 팔을 뻗는 순간 그는 바람처럼 루켈다스의 측면으로 이동해 그것을 피해 버렸다. 당연히 프루아의 공격도 허위로 돌아갔다.

"피한다고 될 것 같으냐?"

루켈다스는 신경질적으로 흑룡을 향해 주먹을 휘둘렀다.

쉭!

어린아이 머리만 한 커다란 주먹이 날아갔다. 흑룡이 허리를 숙여 피하자 그 주먹은 애꿎은 나무를 후려쳤다.

콰직!

놀랍게도 어른 몸통 정도의 두께를 가진 나무였는데 그한 방에 그대로 부러져 버렸다. 마나는 없지만 명색이 진룡인지라 본래 가진 힘이 무척 강했다.

"크하하하! 언제까지 피할 수 있을 것 같으냐?"

루켈다스는 득의만만한 표정으로 다시 주먹을 휘둘렀다.

쉭!

그 순간 흑룡이 허리를 숙여 다시 그것을 피하고는 마치 물구나무서기를 하듯 거꾸로 섬과 동시에 두 다리로 루켈다스의 몸을 휘감았다. 그리고 그대로 그를 바닥으로 내동댕이쳤다.

콰당!

"쿠아악!"

머리부터 바닥에 고꾸라진 루켈다스는 잠시 그 자세 그대로 일어나지 못하고 부르르 떨고만 있었다.

"흥! 감히!"

그 사이 프루아가 흑룡을 번쩍 들어 바닥에 던졌다. 그러나 흑룡은 이미 번개처럼 두 다리로 프루아의 목을 휘감은 상태였고, 그로 인해 오히려 프루아가 바닥으로 내동댕이쳐지고 말았다.

콰당!

"아아악!"

공교롭게도 둘은 같은 동작에 당했다. 물론 우연이 아니라 다분히 흑룡이 의도한 것이었다.

백룡구타술의 철칙이 흑룡구타술에도 그대로 적용된다. 즉, 다수의 대상에게 흑룡구타술을 동시에 펼칠 때는 반드시 공평하게 해야 한다는 것이다.

뒤에 가서 딴소리 나오지 않게 누구 하나 덜 맞고 더 맞는 일 없이 항상 공평하게 해 줘야 한다.

물론 그 지경을 당하고 나서 딴소리를 할 만큼 간 큰 녀석들은 없을 테니, 실은 그것은 당시 백룡의 완벽주의적인 성격에서 비롯된 것이라 할 수 있었다.

흑룡 또한 완벽주의자임은 마찬가지.

그는 그 사이 간신히 비틀거리며 일어나는 루켈다스에게 다가가 그의 발을 걸어 넘어트렸다.

콰당!

동시에 훌쩍 뛰었다가 하강하며 팔꿈치로 루켈다스의 복부를 찍었다.

쾅!

"크아아악!"

루켈다스가 입을 쩍 벌리며 괴로워하는 순간 프루아가 비틀거리며 일어났다.

그런데 마치 그럴 줄 알았다는 듯 흑룡은 번쩍 프루아의 앞으로 이동했고 그녀의 발을 걸어 넘어뜨렸다. 동시에 훌쩍 뛰어 팔꿈치로 그녀의 복부를 찍었다.

쾅!

"아아악!"

프루아가 입을 찢어져라 벌렸다. 흑룡은 그때 다시 기를 쓰고 일어나는 루켈다스의 머리를 무릎으로 찍어 넘어뜨린 후 그의 배에 올라타 양 주먹으로 그의 안면을 마구 후려쳤다.

퍼퍽! 퍽퍽퍽!

어디선가 익숙한 자세였다. 루켈다스가 이미 한 번 당해 봤던 자세였다. 그는 이것이 얼마나 공포스러운지 알고 있었다.

쾅쾅쾅!

주먹질을 하는데 무슨 망치질을 하듯 굉음이 울렸다.

"크악! 사…… 컥! 살려…… 켁! 자…… 잘못…… 쿠억!"

잠깐 사이에 대략 수십여 대를 후려 맞은 루켈다스는 그대로 뻗어 버렸다. 흑룡은 무심한 표정으로 벌떡 일어나 프루아를 노려봤다.

그 사이 프루아는 간신히 일어났다가 루켈다스가 죽도록 맞는 장면을 보고 기겁했다. 비로소 그녀는 자신들이 미친 짓을 했다는 사실을 깨닫고 후다닥 달아나려 했다.

그러나 그녀가 몇 걸음 달리기도 전에 흑룡이 그녀의 앞을 가로막았고, 그의 무릎이 그녀의 안면을 찍었다.

퍽!

그대로 뒤로 넘어간 그녀의 위로 올라탄 후 흑룡은 무심한 표정으로 다시 주먹을 휘둘렀다.

쾅쾅쾅—

"악! 자, 잘못…… 컥! 으악! 아악……!"

정확히 루켈다스에게 했던 것만큼 하고 난 후 흑룡은 손을 털고 일어섰다. 프루아 역시 혼절한 듯 그대로 뻗어 버렸다.

흑룡은 나직이 숨을 몰아쉬었다.

'휴! 이 짓도 힘들군.'

본래라면 이 정도는 시작에 불과하고 적어도 반나절 이상은 타작이 계속되었을 것이다. 그러나 그것은 현재 흑룡의 체력으로는 무리였다. 맞는 것도 힘들지만 때리는 것도 과도한 체력이 소모되기 때문이다.

'어쨌든 이 정도면 정신을 차렸겠지.'

가능한 눈물이 쏙 빠지게 만들어 줘야 두 번 다시 쓸데없는 생각을 하지 않을 것이기에 인정사정 봐주지 않았다.

물론 명색이 진룡들이니 이 정도로 죽거나 하지는 않는다. 흑룡의 짐작이 틀리지 않다면 저들은 별다른 조치를 취하지 않아도 잠시가 지나면 부상이 완치되고 멀쩡한 상태로 돌아오게 되어 있었다.

한편 그렇게 흑룡이 두 진룡들을 가볍게 처리하는 장면

을 보고 헤나와 리닌도 잔뜩 얼어 있었다.

'세상에! 성격은 하나도 안 변했어.'

'엄마, 흑룡 아저씨 무서워!'

역시 흑룡은 흑룡이었다는 것이 증명되는 순간이었던 것이다. 얼굴만 온화하게 변했을 뿐 그의 성격은 그대로였다.

흑룡은 그녀들을 향해 애써 미소 지어 보였다.

"걱정들 마라. 내가 너희들에게 흑룡구타술을 펼칠 일은 없을 것이다. 저들은 말로 해서는 안 될 녀석들이라 어쩔 수 없었을 뿐이다."

그 말에 헤나는 안심하는 표정으로 고개를 끄덕였다.

"우린 말로 해도 충분히 알아듣는답니다."

"말 잘 들을게요."

리닌도 최대한 착해 보이는 표정을 지으며 말했다.

그뿐이 아니었다. 그 사이 언제 나타났는지 웬 귀엽게 생긴 드워프 소년 하나가 양손을 가슴에 대며 외쳤다.

"헤헤! 저도 흑룡님의 말이라면 무조건 따르겠어요."

"너는? 시엘?"

보통 드워프는 작달막한 체구에 투박한 외모를 하고 있지 않은가. 그런데 지금 나타난 드워프는 키는 좀 작았지만 머리털은 윤기가 흐르고 얼굴은 조각 같이 아름다웠다.

그것은 당연했다. 본래 시엘의 얼굴 그대로였으니까.

시엘은 히죽 웃으며 고개를 끄덕였다.

"흑룡님의 모습이 이전보다 보기 좋군요."

"그렇다니 다행이다만, 네가 드워프가 되었을 줄은 몰랐다."

"전 어려서부터 드워프가 되고 싶었어요. 드워프들은 태생적으로 손재주가 좋아 뭔가를 뚝딱뚝딱 잘 만들어 내잖아요."

시엘은 자신이 드워프로 재탄생된 것이 무척 마음에 드는 듯했다. 그 순간 흑룡은 내심 짚이는 바가 있었다.

'그러고 보니 어느 정도는 자신이 원하는 대로 새로운 운명이 결정되는 것이었군.'

아마도 헤나는 엘프를 동경하고 있었고, 리닌은 페어리가 되고 싶은 소원이 있었으리라.

흑룡 자신은 무의식적으로 좀비가 아닌 진정한 인간이 되고 싶었던 욕구가 있었음을 부인할 수 없었다.

마찬가지로 저 문제아 드래곤들 역시 본래는 진룡이 되고 싶어 하는 마음을 갖고 있었던 것이 분명했다. 다만 그들은 자신들이 원하던 것이 이루어졌지만, 잃은 것이 너무 많다 보니 오히려 과거에 집착하고 있을 뿐이지만.

"하핫! 흑룡님!"

"흑룡님! 이곳에 계셨군요."

그때 20대 초반으로 보이는 두 청년이 나타났다. 둘의 얼굴은 무척 개성이 있었는데 왠지 낯익었다.

체형 또한 마찬가지. 한 명은 팔과 허리가 긴데 반해 다리가 짧았고, 다른 한 명은 장신에 건장한 체격을 갖고 있었다.

"거구즈! 거트! 너희들인가?"

그러나 그들은 더 이상 카치카가 아니었다. 인간이었다. 그들에게 주어진 새로운 운명으로 인해 저주에서 벗어난 것이다.

"예! 저희들입니다. 헤헤!"

그들은 은근히 얼어 있었다. 사실 멀리서부터 두 진룡들이 흑룡에게 까불다 죽도록 맞고 있는 걸 소리로 알았기 때문이었다.

진룡들의 비명 소리가 인근의 숲을 쩌렁쩌렁 울릴 정도였으니 어찌 모르겠는가.

그런 그들에게 있어 흑룡은 두려움의 대상일 수밖에 없었다. 그들은 흑룡이 샤크란 사실을 알지 못했지만, 설령 알았다고 해도 어차피 달라질 건 없었다. 그들에겐 샤크 역시 두려움의 대상이었으니까.

한편 흑룡은 고개를 갸웃했다.

'저 녀석들은 인간이 되었는데 왜 체형은 비슷한 거지?'

흑룡은 거구즈가 자신의 짧은 다리에 대해 매우 불만을 갖고 있음을 알고 있었다. 바라는 바대로 새로운 운명이 주어진다면 당연히 다리가 길어져야 정상인 것이다.

그러나 사실 흑룡은 모르고 있을 뿐 거구즈는 이전과 달리 자신의 그 체형에 자부심을 가지고 있었다. 저주가 풀리고 인간이 될 때도 체형은 이전과 같기를 원할 정도였다.

그 이유는 샤크가 전수해 준 절세 무공인 대성성마겹수 때문이었다.

거구즈의 체형에 특화된 강력한 무공!

그간 잠깐이지만 그 무공을 수련해 보며 그것의 가공함을 조금이나마 느껴 본 거구즈로서는 자신이 그 같은 체형을 가진 것이 조금도 부끄럽지 않았고 오히려 뿌듯했던 것이다.

저벅저벅!

그런데 그때 또다시 흑룡 일행을 향해 접근하고 있는 이가 있었으니.

그는 장신에 장발을 가진 40대 사내였다. 평범한 얼굴이었지만 눈빛이 제법 날카로워 보였다. 그 역시 흑룡처럼 황갈색의 낡은 천 옷을 입고 있었다.

꾸벅.

사내는 흑룡을 향해 공손히 허리를 숙이며 말했다.

"칼둔입니다, 마스터."

"칼둔이라고?"

흑룡은 깜짝 놀랐다. 아니, 흑룡 뿐 아니라 모두가 놀랐다.

칼둔이 누구이던가?

바로 스켈레톤 워리어였다.

늘 검은 후드와 망토를 두르고 있었던 그의 신체는 오래된 뼈들뿐이었다. 설마 언데드였던 칼둔에게도 새로운 운명이 주어졌을 줄이야.

하긴 흑룡 역시 좀비에서 인간이 된 걸 보면 칼둔이라고 예외는 아니었을 것이다. 흑룡은 금세 그것을 담담히 받아들였다.

'이곳은 정말 겪을수록 놀라운 곳이군.'

언데드들을 완전한 인간으로 만드는 것은 흑룡이 아닌 샤크라 해도 불가능했다. 샤크는 물론 팔찌를 통해 어떤 종족으로든 재탄생할 수 있지만, 그것은 그 자신에 한할 뿐인 것이다.

이는 이곳 크리오스 왕국에만 존재하는 알 수 없는 힘 때문임이 분명했다.

'차원력은 분명 아니다. 다른 특별한 힘이 이 왕국에 존재하고 있고, 바로 그 힘이 이 같은 조화를 부리는 것이다.'

차원력이 대단하긴 하지만 이같이 경천동지할 능력까지는 없었다. 물론 차원력을 특별한 방법으로 응용한다면 가능할지 모르지만, 어쨌든 지금까지 흑룡이 알고 있는 지식으로는 불가능한 일이었다.

혹시 혼돈력일까?

그 또한 알 수 없었다. 흑룡은 더더욱 짐작조차 하지 못하고, 오직 샤크가 혼돈자가 된 이후에나 확인이 가능할 것이다.

중요한 건 그 상상을 초월한 힘이 이곳 크리오스 왕국에 분명 존재하고 있다는 것!

그것은 매우 흥미로운 일이 아닐 수 없었다.

'그럼 모든 언데드들이 크리오스 왕국에 오게 되면 이처럼 새로운 운명을 얻게 되는 건가?'

그것은 모른다. 가능할 수도 있고 가능하지 않을 수도 있을 것이다.

'혹시 환물들은?'

샤크가 헤나나 거구즈 등의 무공 수련을 돕기 위해 만들었던 환물 사부들도 크리오스 왕국에 분명 들어왔다.

흑룡은 혹시 그것들도 새로운 운명을 부여받아 뭔가가 된 것은 아닌가 싶었지만, 그것들은 오지 않았다.

새로운 운명을 얻지 못해 그대로 먼지가 되어 사라졌거나, 아니면 새로운 운명을 얻었지만 흑룡이 있는 곳이 아닌 다른 곳으로 가 버렸을 수도 있었다.

'어쨌든 더 이상 기다리고 있을 수는 없으니 움직이는 게 좋겠군.'

그 사이 바닥에 뻗어 있던 두 진룡들이 의식을 차렸는지 비틀거리며 일어났다. 그들은 흑룡과 감히 눈도 마주치지 못하고 고개를 푹 숙인 채 주눅 들어 있었다.

흑룡은 그들을 노려보며 말했다.

"나는 너희들의 뭐냐?"

그러자 루켈다스와 프루아는 흠칫 놀라더니 잽싸게 대답했다.

"당신은 저의 마스터입니다."

"마스터이십니다."

"그럼 너희들은 나의 뭐냐?"

흑룡이 무뚝뚝한 표정으로 다시 물었다.

"노, 노예입니다."

"마스터의 노예입니다."

두 진룡은 울상을 지으며 대답했다. 흑룡은 여전히 살벌한 표정으로 다시 말했다.

"내가 가장 싫어하는 것이 배신이다. 본래라면 너희들은 내 손에 죽었을 것이다."

루켈다스와 프루아는 몸을 떨었다. 정말로 흑룡은 그들을 죽이고도 남을 자였다. 흑룡은 팔짱을 낀 채로 말을 이었다.

"나는 아직 너희들을 살려 줄지 말지 고민 중이다. 일단은 자질구레한 일들을 시킬 노예들이 필요해 살려 줬다만 며칠 지켜볼 것이다. 너희들을 살려 줄 가치가 있는지 스스로 증명을 하도록 해라."

"예, 마스터! 두 번 다시 실망시키지 않겠습니다."

"반드시 마스터께 필요한 노예가 되겠어요."

흑룡이 아직 고민 중이라는 말에 둘은 최대한 충성스러운 노예로서의 표정을 지어 보였다.

흑룡이 슥 다가갔다.

"잊지 마라. 너희들이 아무리 새로운 운명을 얻었다 해도 나의 노예라는 사실은 변치 않는다."

"예! 마스터!"

"예! 잊지 않겠어요."

두 진룡은 바싹 얼어서 대답했다. 흑룡이 가까이 다가오자 다시 아까의 공포가 떠올랐던 것이다.

그런데 그때 흑룡의 시선은 그들이 아닌 그들의 뒤쪽을 보고 있었다.

'이런! 벌써 시작인가?'

시커먼 기운을 풍기며 바닥에서 스멀스멀 기어오고 있는 것들. 그것들이 뭔지 마왕 출신인 흑룡은 매우 잘 알았다.

다크 슬라임!

하급 마물에 불과하지만 흑룡을 비롯해 모두가 새로운 운명을 부여받으며 기존의 힘을 상실했기에 결코 만만치 않은 상대들이었다.

그것도 무려 수십여 마리나 되었으니!

"앗, 다크 슬라임이다!"

"슬라임들이 나타났어요!"

흑룡의 눈빛이 심상치 않자 뒤를 돌아본 루켈다스와 프루아도 대번에 슬라임들의 정체를 알아봤다.

"다들 멀뚱히 서 있지 말고 무기가 될 만한 것들을 최대한 챙겨라. 나뭇가지를 부러뜨리든 돌멩이를 들든 일단 무기가 있는 게 유리하다."

"예, 흑룡님."

"예, 마스터!"

흑룡은 바닥에서 굵직한 돌멩이들을 잔뜩 챙겨 주머니에 넣었다.

루켈다스는 큼직한 바윗덩이를 들었고, 프루아는 끝이 뾰족한 두 개의 돌멩이를 양손에 쥐었다.

헤나와 리닌은 각각의 체형에 맞게 나뭇가지를 주워 들었고, 시엘은 작은 돌멩이들을 챙겼다. 거구즈와 칼둔은 아무 무기도 들지 않았고, 거트는 제법 두꺼운 나뭇가지를 주워 들었다.

Chapter 3

환안(幻眼)

"크크크!"

"키키키!"

납작하게 바닥을 기어 오던 다크 슬라임들은 흑룡 등이 경계하는 모습을 보이자 모두 벌떡 일어나 다가왔다.

그것들의 모습은 인간이나 각종 짐승, 벌레, 몬스터 등 다양했다.

공통점이 있다면 하나같이 흉물스럽다는 것!

마왕이었을 때는 마기만 슬쩍 내보여도 그대로 권속이 되겠다며 엎드렸을 마물들이었다. 그런데 이제 그것들이 흑룡을 보고도 사나운 기세를 내뿜으며 달려왔다.

흑룡은 일행을 돌아보며 말했다.

"저놈들은 동작이 느린 반면 제법 강력한 힘을 가지고 있으니 조심해라. 그리고 마물의 특성상 힘의 근원을 노려야 한다. 힘의 근원은 보통은 가슴에 위치해 있지만 간혹 머리나 하체에 있는 경우도 있다."

"예, 마스터."

"알았어요."

모두들 긴장한 표정으로 대답했다. 그 사이 흑룡은 선두로 달려오는 다크 슬라임의 심장을 향해 돌멩이를 집어던졌다.

팍—

"꾸어억!"

정확히 한 방이었다. 힘의 근원이 부서지자 다크 슬라임은 몸을 부르르 떨더니 그대로 연기가 되어 흩어져 버렸다.

차르르.

순간 검은 연기 사이로 뭔가가 바닥으로 떨어져 반짝이는 것이 있었다.

'저것은?'

흑룡은 그것이 뭔지 단번에 알아봤다. 원형의 작은 동전. 그것에는 1이라는 숫자가 적혀 있었다.

1디쿠.

그것은 환야에서 오르덴들이 사용하던 화폐 중 가장 작은 단위였다.

100디쿠는 1가디.

100가디는 1베카.

이런 식으로 말이다.

'뜻밖이로군. 이곳에서 오르덴들의 화폐를 보다니 말이야.'

그런데 대체 왜 저 다크 슬라임을 해치웠는데 오르덴의 화폐가 떨어진 것일까?

'저 다크 슬라임 녀석이 1디쿠를 소지하고 있었나 보군.'

흑룡은 일단 단순하게 생각했다. 그리고 지금은 깊게 생각할 만한 여유가 없었다. 그 사이 다크 슬라임들이 무서운 기세로 덤벼들고 있었던 것이다.

퍽! 퍽!

"카아악!"

"케엑!"

흑룡은 계속해서 돌을 집어던졌고 연이어 두 마리의 다크 슬라임들을 검은 연기로 흩어 버리는 데 성공했다.

차릉! 차르르!

이번에도 마찬가지였다. 모두 정확히 1디쿠씩 바닥에 떨어뜨리는 것이 아닌가.

'그것 참, 저 녀석들 모두 1디쿠씩 들고 있었던 건가.'

한 녀석이라면 그냥 그러려니 했을 텐데, 연이어 세 녀석 다 1디쿠씩 떨어뜨리자 흑룡은 필시 무슨 이유가 있을 것이라 생각했다.

퍽퍽! 퍼퍼퍽—

그 사이에도 그는 계속 돌을 집어던졌고 그렇게 그가 챙겨 둔 일곱 개의 돌멩이가 모두 손에서 사라졌을 때에는 도합 일곱 마리의 다크 슬라임들이 검은 연기가 되어 흩어진 후였다.

반짝! 반짝!

바닥에서 디쿠들이 환하게 반짝이는 모습은 다른 곳에서는 볼 수 없는 진귀한 풍경이었다.

그러나 그보다 더욱 놀라운 일은 따로 있었다. 도합 일곱 마리의 다크 슬라임을 해치운 순간 흑룡은 자신의 몸에 미량의 무극지기가 생겨났음을 알 수 있었다.

'이게 어찌 된 일인가?'

그뿐이 아니었다. 그는 사실 체력이 꽤 소진된 상태였다. 두 진룡들이 이른바 진상을 부리다가 그의 흑룡구타술에

된통 당했는데, 그 와중에 그의 체력 역시 상당히 소모되었고, 그런 상태에서 다크 슬라임들을 상대하게 되었기 때문이다.

그런데 방금 전 그는 소모된 체력이 모두 회복되었을 뿐 아니라 본래보다 힘도 세진 듯한 기분이었다. 전신에 활력이 넘쳤던 것이다.

'신기한 일이군.'

무엇보다 만상무극심법을 운용해도 전혀 쌓일 기미가 없던 무극지기가 저절로 몸에 쌓였다는 것이 그를 놀라게 했다.

그러던 그의 시야에 마치 환상처럼 떠오르는 문자들이 있었다.

흑룡
종족 인간
수준 2
특수 능력 ― 환안

'이건 또 뭔가?'

흑룡은 멍한 표정을 지었다. 마치 누군가 그를 아주 간략히 요약해서 설명해 놓은 것 같은 내용 아닌가?

그 아래 설명은 더 이어져 있었다.

수준

—대상의 총체적인 능력의 정도를 의미한다. 크리오스 왕국에 존재하는 사악한 몬스터들을 해치우빈 수준의 상승이 이루어질 수 있다. 수준이 상승할 때는 신체의 모든 상태가 회복된다.

특수 능력

—대상에게 부여되는 고유 능력이다. 수준이 높을수록 특수 능력의 위력도 증가한다.

환안

—대상의 현재 수준과 특수 능력을 확인할 수 있는 능력이다.

'이게 혹시 그 뜻인가?'

흑룡은 크리오스 왕국의 초월자로 추정되는 음성이 한 말을 떠올렸다.

'기억하라! 크리오스 왕국에서 그대가 가진 모든 능력은 오직 몬스터와 전투를 벌여 승리했을 때만 증가하게 된다는 것을.'

몬스터를 해치웠을 때만 능력이 증가한다!

방금 흑룡이 겪은 일이 바로 그것이었다. 다크 슬라임 일곱 마리를 해치우자 그의 능력이 상승한 것이었다.

그것을 크리오스 왕국에서는 수준이라 불렀다. 그리고 무공이나 마법의 모든 능력은 수준에 의해 결정된다.

즉, 흑룡의 경우에는 수준이 높을수록 많은 무극지기를 쌓을 수 있으며, 그로 인해 보다 강력한 전투력을 발휘할 수 있는 것이다.

특이한 건 본래 이런 수준은 두 눈으로 확인할 수 없는데, 흑룡은 환안이라는 특수 능력이 생기면서 그것을 마치 도표로 정리해 놓은 것처럼 눈으로 확인할 수 있게 되었다. 그리고 환안이라는 특수 능력은 슬라임들을 해치우면서 비로소 발현되기 시작한 것이다.

'흠. 저 녀석들은 어떤지 볼까?'

흑룡은 다크 슬라임을 살펴봤다. 그러자 환상처럼 그것과 관련된 문자들이 나타났다.

다크 슬라임
종족 마물
수준 1
특수 능력 — 없음

흑룡은 고개를 돌려 일행들의 수준도 살펴봤다.

헤나
종족 엘프
수준 1
특수 능력 — 없음

리닌
종족 페어리
수준 1
특수 능력 — 없음

일행의 수준은 모두 1이었고, 특수 능력은 없었다.

그 사이 그들도 각각 다크 슬라임과 전투를 벌이고 있었지만, 흑룡과 달리 그들은 다크 슬라임들을 수월하게 쓰러뜨리지 못했다.

"죽어랏! 죽엇!"

시엘이 근처에 모아 놓은 십여 개의 돌멩이를 모조리 던졌지만 다크 슬라임은 쓰러지지 않고 다가갔다.

기겁한 시엘은 뒤로 달아났고, 헤나와 리닌이 달려와 나뭇가지로 마구 후려쳤지만 그래도 다크 슬라임은 쓰러지지 않고 난폭하게 두 팔을 휘둘렀다. 결국 칼둔이 나서 주먹으로 다크 슬라임의 심장을 마구 가격하고 나서야 간신히 승리할 수 있었다.

그렇게, 시엘과 헤나, 리닌, 칼둔이 간신히 다크 슬라임 한 마리를 해치우는 데 성공했다.

또한 거구즈와 거트는 둘이 합세해서 다크 슬라임 한 마리를 간신히 상대했고, 루켈다스와 프루아는 그래도 명색이 진룡인 터라 각각 일대일로 다크 슬라임과 승부를 벌였다.

'저런 식이라면 수준들이 상승하는 데 상당히 오래 걸리겠군.'

흑룡은 잠시 답답하다는 듯 그들을 쳐다봤지만 그래도 어쩔 수 없었다. 똑같이 시작했다 해도 그와 저들이 같을 수는 없었다.

마왕 출신인 그는 마물들의 약점이 어딘지 누구보다 잘 알고 있으며, 돌멩이를 던지는 것조차도 절세기학의 묘리가 스며들어 있는 상태라 애초부터 비교 불가능한 상태인 것이다.

흑룡은 다시 다크 슬라임들을 공격했다. 체력이 회복된 데다 미량이지만 무극지기까지 생겨난 이상 다크 슬라임들은 맨손으로도 얼마든지 해치울 수 있었다.

다크 슬라임의 힘의 근원은 각각의 특성에 따라 조금씩 다른 위치에 존재했다. 그러나 흑룡은 그것들의 움직임만 보고도 힘의 근원이 어디 있는지 정확히 간파했다.

퍽! 퍽!

파스스! 파스스스—

그의 몸이 바람처럼 움직이며 다크 슬라임들 사이를 누볐고 그때마다 힘의 근원이 파괴된 다크 슬라임들은 이내 검은 연기로 변해 흩어져 버렸다.

'저쪽에 두목 녀석이 있군.'

다크 슬라임 중 유독 덩치가 큰 녀석이 하나 보였다. 가히 흑색의 오우거를 보는 듯 거대한 슬라임!

두목 슬라임

종족 마물

수준 3

특수 능력 ― 공포

어쩐지 제법 덩치가 크다 했더니 수준이 3이나 되었다.

"쿠오오오오!"

포효 역시 오우거 못지않았다. 본래라면 그 포효를 듣는 순간 공포에 질려야 하지만 흑룡은 멀쩡했다.

아무리 새로운 운명을 부여받은 상태라 하지만 초월자였던 그가 어찌 한낱 하급 마물 따위의 포효에 겁을 먹겠는가.

그것은 수준을 뛰어넘은 그의 정신력이라 할 수 있었다.

쿵쿵쿵쿵!

그 사이 바닥에서 벌떡 일어난 두목 슬라임은 흑룡을 향해 빠른 속도로 달려왔다.

'저놈이 나를 노리고 있군.'

흑룡은 재빨리 근처의 슬라임들을 해치웠다. 두목 슬라임과 싸우는 데 거치적거리는 것들을 없애기 위함이었다.

퍽! 퍽!

"크아악!"

"끄아아악!"

그렇게 다시 그의 손에서 세 마리의 슬라임들이 검은 연기로 화했을 때, 그는 또다시 수준이 한 단계 상승했음을 알 수 있었다.

흑룡

종족 인간

수준 3

특수 능력 ─ 환안

당연히 무극지기 역시 미량이지만 추가되었다.

흑룡은 근처에 떨어져 있는 돌멩이 하나를 주워 두목 슬라임을 향해 던졌다.

쒸익─

미약하지만 무극지기를 실어 던진 것이라 아까와는 소리부터 달랐다.

퍽!

돌멩이가 두목 슬라임의 거친 피부를 뚫고 안으로 박혔다. 그러나 그것은 꿈쩍도 하지 않고 그대로 달려왔다.

'역시 보통 녀석이 아니군.'

분명 힘의 근원이 있는 곳을 목표로 해서 던졌는데도 멀쩡할 줄이야. 그것도 미량이지만 무극지기까지 주입한 상태인데 말이다.

그 사이 두목 슬라임은 흑룡의 지척까지 다가왔고 거대한 팔을 휘둘렀다.

횡! 휘잉!

하급 마물답지 않게 빠른 속도였다. 덩치나 속도 어느 면으로 봐도 가히 중급 마물에 육박한다고 봐야 할 것이다.

그러나 동작 자체는 단순해 흑룡에게는 그저 가소로울 뿐이었다. 거칠게 달려드는 두목 슬라임의 두 팔을 가볍게 피하며 흑룡은 무극지기를 담아 권격을 날렸다.

퍽! 퍼퍽—

이처럼 근거리에서는 돌멩이를 던지는 것보다 권격이 훨씬 위력적이라 할 수 있었다.

"끄으으으!"

연속으로 힘의 근원이 공격당하자 두목 슬라임은 몸을 움츠리더니 뒤로 달아나려 했다. 흑룡은 계속 따라붙어 권격을 날렸고, 급기야 두목 슬라임의 힘의 근원을 파괴하는 데 성공했다.

콰직!

"쿠아아악!"

두목 슬라임은 몸부림을 치다가 그대로 연기가 되어 흩어졌다.

'또다시 수준이 올랐군.'

그저 두목 슬라임 한 마리 해치운 것뿐인데 수준이 상승한 것이다. 그렇게 흑룡의 수준은 4가 되었다.

그때 검은 연기 사이에서 뭔가가 잔뜩 반짝였다.

동전이 무려 12개!

두목 슬라임답게 무려 12디쿠나 되는 돈이 떨어진 것이었다.

게다가 그 옆에는 장검 한 자루가 보였다.

'오!'

투박하지만 그래도 철로 만들어진 검! 그것을 발견한 흑룡의 두 눈이 휘둥그레 커졌다. 그는 속히 장검을 쥐어 들었다.

'두목 슬라임 녀석이 이런 것도 갖고 있었나? 어쨌든 아쉬운 대로 쓸 만하겠는걸.'

그는 흐뭇한 미소를 지으며 뒤를 돌아봤다. 그 사이에도 다른 일행들은 보통의 다크 슬라임과 맞붙고 있었는데, 아까보다는 한결 수월해 보였다.

　일단 눈에 띄는 이들은 진룡들이었다. 처음에는 간신히 한 마리의 다크 슬라임을 상대하던 그들이 지금은 각자가 두 마리를 동시에 상대하면서도 어렵지 않게 승리를 거두고 있었다.

　게다가 움직임도 빨라졌다. 수준을 살펴보니 모두 2였다.

　거구즈와 거트도 마찬가지. 둘이서 하나의 슬라임을 상대로 고전하던 그들이 이제는 일대일로 여유롭게 전투를 벌이고 있었다.

　또한 헤나와 리닌, 시엘, 칼둔도 모두 수준이 2였다. 그들은 계속 넷이서 몰려다니고 있었는데, 그 사이 제법 전투의 요령을 터득했는지 무척 여유로워 보였다.

　"다음은 저 녀석이야! 모두 공격해!"

　"알았어, 엄마!"

　"네, 헤나 님."

　"크흐! 알겠습니다."

　헤나가 다크 슬라임 하나를 지정하면 나머지 셋이 좌우로 함께 덤벼들어 순식간에 끝장을 내 버리는 식이었다.

　'저 방법도 괜찮군.'

　흑룡은 헤나의 방식이 제법 쓸 만하다고 생각했다.

물론 그에게는 매우 번거로운 방식이지만, 지금 헤나나 리닌, 시엘처럼 전투력이 약한 상태에서는 위험하게 혼자서 싸우기보다는 저처럼 몰려다니며 싸우는 것이 훨씬 유리했다.

잠시 후 다크 슬라임들은 모두 검은 연기가 되어 사라졌다. 시엘과 리닌이 환호했다.

"하핫! 이겼다!"

"호호! 우리가 이겼어요."

모두들 신이 나 있었다. 아까는 죽상이었던 루켈다스와 프루아의 표정도 밝았다. 능력 상승을 경험했기 때문이다.

그런데 그때 루켈다스는 부지런히 주위를 돌아다니며 뭔가를 줍고 있었다. 다크 슬라임들이 사라지면서 흘린 디쿠들이었다.

골드 드래곤답게 그는 본능적으로 그것들이 돈이라는 것을 알았고, 남들이 주울세라 부리나케 챙기고 있는 것이었다.

'흐흐, 이게 다 돈일 것이다. 분명 쓸모가 있겠지.'

그로서는 처음 보는 화폐였지만 딱 보면 돈이라는 것쯤을 왜 모르겠는가. 그렇게 그는 모든 디쿠를 싹쓸이했다.

스윽.

곧바로 그의 황갈색 복부 한쪽에 틈이 갈라지더니 마치 주머니와 같은 공간이 생겨났다.

촤르르—

그는 흐뭇한 표정으로 그 안에 디쿠를 넣었다. 이것은 아까 수준이 올라감과 동시에 그에게 새로 생긴 능력이었다.

그러자 프루아가 못마땅한 듯 그를 노려봤다.

"루켈다스! 그거 딱 봐도 돈 같은데 너 혼자서 몽땅 챙길 셈이야?"

"그야 먼저 챙기는 게 임자 아니겠느냐?"

"흥! 다 같이 잡았는데 너 혼자 챙기겠다고? 반으로 나누자!"

그렇게 둘이 옥신각신하고 있자 흑룡이 한심하다는 듯 그들을 노려보고는 말했다.

"돈은 나중에 모두 공평하게 분배할 것이다. 그때까지 일단 네가 잘 챙겨 두고 있도록 해라."

"예."

흑룡은 루켈다스의 복부에 생겨난 주머니가 일종의 아공간 주머니란 사실을 알고 있었다. 골드 드래곤답게 기괴한 능력이 생겨난 것이다.

루첼다스
종족 진룡
수준 2
특수 능력 — 주머니

그의 수준이 높을수록 아공간 주머니의 용량도 늘어날
테니 생각보다 꽤 쓸 만한 능력이었다.

계속해서 흑룡은 다른 일행의 능력들도 확인해 보았다.
모두의 수준은 2였는데, 특수 능력은 제각기 달랐다.

헤나 — 수호
리닌 — 치유
시엘 — 제작
프루아 — 연금
거구즈 — 공포
거트 — 공포
칼둔 — 돌격

헤나는 방어와 관련된 능력을, 리닌은 대상을 치유해 주
는 능력을 얻었다. 시엘은 드워프답게 제작과 관련된 능력

을 프루아는 연금술 능력을 얻었다.

그리고 거구즈와 거트는 두목 슬라임이 가졌던 것과 동일한 공포의 능력을, 칼둔은 돌격이라는 능력을 가졌다.

그들은 이미 자신들의 수준과 특수 능력을 본능적으로 각성한 상태였다.

다만 흑룡처럼 다른 사람들의 수준이나 특수 능력이 무엇인지 분간하여 볼 수는 없었다. 환안은 오직 흑룡에게만 존재하는 능력이기 때문이었다.

"누구 다친 분 없나요? 제가 치료해 줄게요."

리닌이 작은 날개를 팔락이며 외쳤다. 그러자 거구즈가 왼쪽 어깨를 가리키며 말했다.

"여기가 좀 까졌으니 치료 좀 부탁한다, 리닌."

"좋아요!"

리닌은 거구즈의 왼쪽 어깨를 향해 두 손을 펼쳤다. 그러자 환한 빛이 일어나더니 거구즈의 어깨 상처가 감쪽같이 사라졌다.

"오오! 고맙다, 리닌."

"호호, 고맙긴요."

리닌은 꿈에도 그리던 요정의 치유 능력이 생기자 신이 나 있었다. 본래 그것은 시엘에게 있었는데, 시엘은 드워프가 되면서 그 능력이 사라졌다.

"리닌, 나도! 나는 팔꿈치에 멍이 들었어."

"호호, 염려 마."

리닌이 손을 뻗자 시엘의 멍든 팔꿈치가 금세 멀쩡해졌다. 시엘은 팔을 아래위로 흔들며 씩 웃었다.

"고마워, 리닌. 네 덕분에 팔이 좀 부드러워졌구나. 그럼 난 이제 뭘 좀 만들어 볼까?"

시엘은 주변을 슥 돌아보더니 나뭇가지 하나와 돌멩이 하나를 주워 들었다.

"이얍!"

그리고 크게 기합을 발하는 순간 시엘의 양손에서 남색의 빛이 뭉클 피어나더니 나뭇가지와 돌멩이를 휘감았다.

스스스!

그리고 잠시 후 남색의 빛이 사라진 후 나타난 것을 보며 모두들 깜짝 놀랐다.

놀랍게도 제법 그럴듯한 모양의 돌도끼가 나타난 것이다. 뭉툭한 돌멩이가 날카로운 도끼날로 변했고, 가느다란 나뭇가지가 제법 튼튼해 보이는 도낏자루로 변한 것이다.

"오오! 멋진걸."

"오! 그런 놀라운 능력이!"

헤나 뿐만 아니라 루켈다스와 프루아도 놀랐다. 물론 그들이 드래곤으로서의 모든 능력을 가졌을 때는 별것 아닌 하급 마법에 불과하지만, 지금 상태에서는 그저 꿈만 같은 능력이 아닐 수 없었던 것이다.

그때 시엘이 싱글거리며 돌도끼를 들어 올렸다.

"돌도끼 필요하신 분!"

"나! 나 줘! 나한테 꼭 필요하다, 시엘!"

거트가 손을 번쩍 들었다. 그는 이전에 샤크에게 혈마부법(血魔斧法)을 배웠기 때문에 도끼가 있을 때 최상의 전투력을 발휘할 수 있었던 것이다.

"자, 받아."

시엘은 흔쾌히 거트에게 돌도끼를 건네줬다.

"고맙다, 시엘."

"후후, 고맙긴."

시엘은 뭔가를 만들어 남들에게 주는 것이 즐거운 모양인 듯 안색이 매우 밝았다. 흑룡이 물었다.

"도끼 말고 다른 것도 만들 수 있느냐?"

"아직은 저의 수준이 낮아서 돌도끼 하나만 가능해요. 활과 화살을 만들고 싶은데 그건 수준이 좀 더 올라야 하나 봐요."

시엘은 머리를 긁적였다. 그 역시 이전에 샤크에게 배운 아수라폭멸탄궁을 펼치려면 활과 화살이 필수였던 것이다.

흑룡은 아마도 그럴 거라 예상했기에 고개를 끄덕였다.

"어쩔 수 없지. 일단 돌도끼라도 모두에게 만들어 주도록 해라. 무기가 없는 것보단 나을 테니 말이야."

"네, 흑룡님."

시엘은 다시 돌도끼를 제작했다. 그러자 거구즈 등은 돌멩이와 나뭇가지 등을 잔뜩 모아 시엘 앞에 가져다주었다.

그러나 시엘은 돌도끼 두 자루를 더 만든 후에는 숨을 몰아쉬며 손을 놓았다.

"하아! 더 이상은 한계예요. 마나가 모두 소진됐어요."

"그럼 마나가 회복되면 다시 만들도록 해라."

제작에는 아무래도 마나가 소모되는 모양이었다. 흑룡의 경우에는 환안의 능력을 사용해도 무극지기가 소모되지는 않았다.

시엘은 잠시 휴식을 취하며 마나를 회복했고, 그런 식으로 흑룡을 제외한 일행은 모두 시엘의 돌도끼를 손에 쥘 수 있게 되었다.

Chapter 4

레티티아 마을

시엘이 돌도끼를 만드는 사이 프루아는 연금 능력을 발휘했다. 근처의 풀과 물 등을 활용해 간단하게 위급 시 상처를 치료할 수 있는 하급 포션을 만들어 내는 데 성공한 것이다.

유리병 대신 풀잎사귀로 작은 주머니를 만들어 그 안에 포션액을 넣었다. 그녀 또한 마나의 한계가 있어 때때로 마나 회복을 위해 휴식을 취해야 했다.

그렇게 시엘의 돌도끼들이 모두 완성되는 동안 프루아의 포션들도 모두 완성됐고, 일행은 돌도끼와 함께 포션도 각자 하나씩 챙길 수 있게 되었다.

그 사이 다른 일행들도 충분히 휴식을 취한 상태라 흑룡은 곧바로 출발했다.

갈 곳은 정해져 있었다.

두목 슬라임이 나타났던 장소 쪽으로 길게 길이 생겨나 있었기 때문이다. 따라서 누가 설명을 해 주지 않아도 그쪽으로 가야 한다는 것을 추측할 수 있었다.

길을 따라 잠시 걷자 작은 이정표 하나가 박혀 있었다.

[레티티아 마을]

—길을 따라 4코빗 거리에 있음

—마을로 가는 길에 검은 거미들이 출몰할 수 있으니 조심할 것

동작이 빠른 프루아가 먼저 달려가 이정표를 살펴봤다.

"이쪽을 따라가면 마을이 나온다는군요, 마스터!"

4코빗(km)이라면 그리 멀지 않은 거리였다. 빨리 걸으면 반 시진도 안 되어 도착할 수 있을 것이다.

헤나는 상기된 표정을 지었다. 크리오스 왕국에 들어와 처음으로 방문하는 마을인 것이니 어찌 감회가 새롭지 않겠는가.

"레티티아 마을이라. 거긴 안전한 장소일까?"

"아마도 그렇겠죠. 그래도 마을인데."

시엘이 대답했다. 그러자 루켈다스가 의심스러운 표정으로 고개를 흔들었다.

"흥! 이 괴상한 곳에서 뭘 믿을 수 있겠느냐? 생각해 보아라! 사방에 몬스터들이 득실거리는 곳에 마을이 있다니 왠지 수상하지 않으냐? 내 생각엔 아마도 그곳엔 가장 무서운 몬스터들이 자리를 잡고 있을 것이다."

"그건 그렇겠군요."

시엘은 루켈다스의 말에 일리가 있다고 생각하는 듯 살짝 겁을 먹은 표정을 지었다. 리닌과 거구즈 등도 잔뜩 긴장한 표정이었다.

그러자 프루아가 어이없어하며 루켈다스를 노려봤다.

"하여간 네 녀석 모든 걸 부정적으로 생각하는 습관은 여전해."

"내가 뭘?"

"딱 보면 모르겠니? 레티티아 마을은 안전한 장소야. 문제는 거기까지 가는 길이 험난할 뿐인 거지."

"흐흐, 그럴 리가 없다. 거긴 적어도 수준이 10이상 되는 강력한 몬스터가 우릴 기다리고 있을 게 분명해."

"홋, 그럼 우리 내기하는 게 어때?"

"뭘 걸고?"

"디쿠 몰아주기."

"좋아."

그렇게 루켈다스와 프루아는 각자에게 분배될 디쿠를 놓고 서로 내기를 했다. 그 모습을 보고 흑룡은 내심 실소가 나오지 않을 수 없었다.

'이 와중에도 저 녀석들은 어쩔 수 없군.'

저들은 그렇게 맞고도 항상 그때뿐이었다. 물론 이제는 흑룡에게 감히 불손한 행위를 하지는 않지만, 그들 특유의 드래곤스러운 장난기는 여전했던 것이다.

그러나 다시 생각해 보면 그들의 그런 모습이 꼭 나쁜 것만은 아니었다. 오히려 그들은 이 상황을 즐기고 있다고 볼 수도 있었다.

하긴 그들이 달리 드래곤이었겠는가.

흑룡만큼은 아니어도 지금쯤 그들은 크리오스 왕국이 어떤 곳인지 충분히 파악했으며 최대한 빠르게 강해지고 싶은 욕구에 불타고 있으리라.

그리고 그들의 그러한 여유와 자신감, 그리고 장난스러운 말투들이 은연중에 일행들의 긴장을 풀어 주는 역할도

했다.

나름 나쁘진 않았다.

긴장이 너무 풀어져도 안 좋겠지만 너무 긴장해서 패닉 상태에 빠지면 더욱 좋지 않기 때문이다.

본래 강인한 여전사였던 헤나는 비교적 담담했지만, 리닝과 시엘, 그리고 거구즈와 거트 등은 상당히 긴장한 상태였다.

반면에 칼둔은 언데드로서의 성격이 그대로 남아 있는지 항상 무표정했다. 물론 간혹 웃기도 했지만 대체로 그는 무표정한 편이었고, 적들이 나타나도 크게 두려워하거나 긴장하는 기색도 없었다.

흑룡은 일행을 향해 외쳤다.

"일단은 레티티아 마을을 목적지로 하겠다. 가는 도중 거미들이 튀어나온다고 하니 긴장을 풀지 마라. 루켈다스! 너는 일행의 뒤쪽에 서라. 그리고 프루아! 너는 앞쪽을 정찰하며 위험 상황을 탐지해라."

"예, 마스터."

"네, 맡겨 주세요."

상대적으로 전투력이 뛰어난 진룡들을 일행의 전방과 후방에 배치해야 유사시 큰 피해를 입지 않을 것이다.

흑룡은 중앙에서 헤나, 시엘 등과 함께 걸었다. 리닌은 엄마 헤나의 어깨에 앉아 있었다.

그리고 칼둔은 항상 리닌의 일정 거리 안에 위치해 있었다. 물론 유사시 그녀를 보호하기 위함이었다.

그것은 그가 언데드 시절 받았던 샤크의 명령이었다. 새로운 운명을 얻어 인간이 된 이후에도 그는 샤크의 명령을 따르고 있었던 것이다.

"앞에 검은 거미 떼예요!"

프루아가 다급히 외쳤다. 이정표를 지난 지 얼마나 되었다고 벌써 거미 떼가 나타난다는 말인가?

물론 여기서 거미는 흔히 보는 작은 거미가 아니라 인간보다 훨씬 큰 덩치를 가진 거대 거미 형상의 마물을 의미했다. 흑색의 흉물스러운 몸체를 가진 거대 거미들의 크기는 언뜻 봐도 2로빗(m)은 넘어 보였다.

검은 거미
종족 마물
수준 2
특수 능력 — 없음

흑룡이 살펴보니 검은 거미들의 수준은 모두 2였다.

전방에서 그런 검은 거미 7마리가 나타나 바람처럼 빠른 속도로 접근하고 있었다.

그런데 그게 다가 아니었다.

"왼쪽에도 나타났습니다!"

"앗! 오른쪽에도 있어요!"

"뒤쪽에서도 다가옵니다!"

전후좌우! 말 그대로 사방에서 거미들이 몰려오고 있었다. 흑룡은 두목 슬라임을 해치우고 얻은 철검을 번쩍 쳐들고 외쳤다.

"저것들이 제법 사나워 보이지만 너희들이 이미 상대했던 다크 슬라임들과 별반 다를 바 없는 녀석들이다. 헤나를 중심으로 리닌과 시엘, 칼둔이 제일조를 이루어 아까와 같은 방식으로 싸워라! 일조장은 헤나다."

"예, 마스터."

"알았어요, 마스터."

이제 모두가 흑룡을 마스터라 불렀다. 계속해서 흑룡은 루켈다스 등을 향해 말했다.

"루켈다스와 거구즈가 제이조다. 조장은 루켈다스다. 그리고 프루아와 거트가 제삼조이며 조장은 프루아다. 조장들은 조원들을 보호하는 것을 잊지 마라."

"예, 마스터!"

"호호, 맡겨 주세요!"

두 진룡들은 자신들의 밑에 부하가 생기자 신이 난 듯 만면에 미소를 지었다.

그들이 비록 지금은 일개 조장에 불과하지만 드래곤 시절에는 거대한 군단을 이끌던 군단장들이 아니었던가.

그들이 가진 탁월한 지휘력은 조원들을 보호하는 데도 발휘될 것이다. 비록 한 명뿐인 조원이지만 말이다.

그리고 드래곤들에겐 자신의 것에 대한 특유의 애착심 존재했다.

아니나 다를까, 루켈다스는 그의 조원이 된 거구즈의 어깨를 탁탁 두드리며 호탕하게 웃었다.

"으하하하! 거구즈! 제이조에 온 것을 환영한다. 너는 나와 함께 있으면 수준이 매우 빨리 올라갈 것이다."

"예, 조장님만 믿겠습니다요!"

사실 안개 저편의 세계에서 거구즈는 루켈다스가 이끌던 군단의 말단 하급 병사였다. 그런 만큼 그가 루켈다스에게 가진 두려움은 상상 이상이었다. 당연히 일종의 경외심도 갖고 있었다.

반면에 루켈다스는 하찮은 하급 카치카 병사인 거구즈에 대해 조금도 기억하지 못했다.

그러나 이제 그의 유일한 부하인 만큼 그는 애정을 다해 거구즈를 챙겨 줄 것이다.

프루아도 마찬가지였다. 그녀는 거트를 향해 싱긋 미소를 지어 보이며 말했다.

"후훗, 내 밑에 들어온 이상 네 인생은 이제 편 거나 마찬가지란다. 열심히만 해라. 최대한 키워 줄 테니까."

"헤헤! 조장님만 믿겠습니다요!"

그런 그들을 보며 흑룡은 어이없어하는 표정으로 외쳤다.

"거미들이 코앞이다. 쓸데없는 짓들 하지 말고 전투에나 신경 써라! 일조는 좌측! 이조는 후방! 삼조는 전방을 맡는다! 임무가 완료되는 대로 우측에 합류해라!"

"예, 마스터!"

"으하핫! 맡겨 주십시오."

"삼조! 돌격!"

일조장 헤나가 리닌 등과 함께 좌측에서 오는 거미들과 맞섰다. 좌측에서는 5마리뿐이라 일조의 전력으로 충분히 상대가 가능했다.

그 사이 루켈다스는 거구즈와 함께 후방에서 몰려오는 7마리의 거미들과 맞섰다. 또한 프루아는 전방에서 몰려오는 7마리의 거미들과 전투를 벌였다.

"거트! 너는 내 뒤를 따르며 뒤처리만 하면 된단다."

"예! 조장님!"

프루아는 시엘이 만들어 준 돌도끼를 사정없이 휘둘렀다. 대충 휘두르는 것 같아도 돌도끼는 거미의 머리를 정확히 박살 내 버렸다.

퍽!

"꾸억!"

머리가 박살 나 몸부림치는 검은 거미들을 완전히 해치우는 것은 거트의 몫이었다. 그 사이 프루아는 다른 거미의 머리를 박살 냈고, 거트는 다시 그 뒤처리를 하는 식이었다.

한편 흑룡은 우측에서 몰려오는 거미 떼와 홀로 전투를 벌였다.

우측에는 무려 12마리의 거미 떼가 나타났을 뿐 아니라, 그것들 뒤로 가히 초대형 몬스터를 방불케 하는 거대 거미가 모습을 드러냈다.

두목 검은 거미
종족 마물
수준 7
특수 능력 — 공포, 거미줄

'수준이 7이라!'

흑룡은 12마리의 검은 거미들은 안중에도 두지 않았다. 그의 손에 철검이 있는 이상 마치 허수아비를 베듯 모조리 쓸어버릴 수 있으니까.

문제는 두목 검은 거미였다.

수준이 2에 불과한 다른 거미들과 달리 그것은 무려 7에 달하는 수준의 마물이었다. 게다가 거미줄이라는 특수 능력까지 보유했으니 생각보다 만만치 않은 상대였다.

물론 거미가 거미줄을 쏘는 건 당연한 일이지만, 여기서의 거미줄은 특수 능력을 의미하기에 보통의 거미줄과 같게 생각해서는 안 될 것이다.

'일단 다른 거미들부터 해치우자.'

그 사이 그의 지척까지 다가온 검은 거미들을 향해 흑룡의 철검이 춤을 추었다.

휘리리릭!

흑룡의 몸이 거미들 사이를 바람같이 누비며 지나간 순간 거미들이 벼락이라도 맞은 듯 몸을 부르르 떨었다.

촤악! 촤악—

거미들의 머리가 일제히 갈라졌다. 힘의 근원이 파괴된 거미들은 모두 배를 벌렁 내보이며 뒤집어졌고 더 이상 움직이지 않았다.

그 순간 흑룡은 수준이 5로 상승한 것을 확인했다.

흑룡
종족 인간
수준 5
특수 능력 — 환안, 위압의 외침

'위압의 외침?'

새로운 특수 능력이 생겨났다. 위압이라는 것이었다.

위압의 외침
—적군에게 공포심을 주며 아군에게는 용기를 준다. 자신보다 수준이 높은 대상에게는 통하지 않는다.

적군에게는 공포를! 아군에게는 용기를!

그냥 외치는 정도로도 이와 같은 효력이 발생된다고 했으니 제법 쓸 만한 능력이었다.

물론 추후 무극지기가 많아지면 굳이 이런 특수 능력 따위는 없어도 되겠지만, 지금처럼 수준이 낮은 상태에서는 매우 유용하게 쓰일 것이다.

수준이 1단계 상승하자 무극지기의 양도 자연스레 많아졌고 전신에 활력이 넘쳤다.

이대로라면 흑룡 혼자서도 두목 검은 거미를 상대하는 데 무리가 없을 것이다.

'그래. 어떤 식으로든 수준을 올리는 것이 가장 현명한 일이군.'

흑룡의 입가에 회심의 미소가 맺혔다.

강력한 적을 상대하기 위해서는 그에 앞서 근처의 평범한 적들을 해치워 최대한 수준을 올려 두는 것!

별것 아닌 단순한 요령 같지만 그것은 크리오스 왕국이라는 기괴한 세계에서는 가히 진리라 할 수 있을 만큼 중요했다.

두두두두!

그 사이 두목 검은 거미가 흑색의 폭풍이 몰려오듯 거칠게 달려왔다.

"*끄끄끄끅! 끄끄끄끄까까깍—!*

그것은 그야말로 무시무시한 소리를 질러 댔는데, 그 소리가 얼마나 큰지 멀리서 싸우고 있던 헤나 등이 움찔 놀라 몸을 떨 정도였다.

"아아, 저렇게 큰 거미라니!"

"으! 저걸 어떻게 이겨?"

순간 흑룡이 픽 웃고는 크게 외쳤다.

"떨지 마라. 그래 봤자 하급 마물일 뿐이다."

그러자 놀랍게도 헤나 등은 두려움이 순식간에 사라짐을 느꼈다. 반대로 근처의 검은 거미들은 움찔하더니 전의를 상실하고 뒤로 슬금슬금 물러나기 시작했다.

'후후, 이게 특수 능력의 효력인가?'

흑룡은 특수 능력인 위압의 외침이 제대로 효력을 발휘했음을 확인하고는 크게 고무되었다.

"자! 이때를 놓치지 말고 검은 거미들을 모두 쓸어버려라."

"예, 마스터."

그 사이 헤나가 조장으로 있는 일조는 고작 거미 2마리를 해치운 상태였지만, 흑룡의 외침에 거미들의 전투력이 하락했고, 그로 인해 나머지 3마리를 일방적으로 몰아붙일 수 있었다.

전투의 방법은 헤나와 칼둔이 선봉에 서고 시엘과 리닌이 뒤에 서서 지원을 하는 식이었는데, 간혹 거미들의 공격에 의해 헤나와 칼둔이 조금이라도 상처를 입는가 싶으면 리닌이 곧바로 치유의 능력을 발휘해 그들을 치료해 버렸다.

그러다 보니 비교적 안정적인 전투를 하고는 있었지만 전투 속도는 상당히 느린 편이었다.

반면에 루켈다스와 프루아가 이끌고 있는 이조와 삼조는 이미 임무를 완수하고 흑룡이 있는 쪽으로 달려왔다. 그들은 과연 진룡들답게 각각 7마리씩의 검은 거미들을 어렵지 않게 해치웠던 것이다.

게다가 진룡들의 수준도 그 사이 한 단계씩 상승해 3이 되었다. 거구즈와 거트는 여전히 2였다.

그런 것을 보면 수준의 상승은 전투의 승리에 얼마나 기여했느냐와 관련이 있는 듯했다. 단순히 옆에 붙어 있거나 보조를 하는 것만으로는 수준 상승이 빠르게 이루어지지 않는다는 뜻이었다.

한편 두목 검은 거미는 자신의 포효에도 흑룡이 꿈쩍도

하지 않자 이내 입을 다시 벌려 거미줄을 쏘아 냈다.

좌악! 좌아악!

새하얀 거미줄이 마치 그물처럼 퍼져 나오며 흑룡을 덮쳤다.

그러나 흑룡은 이미 거미줄이 쏘아져 나올 거라 예상하고 있었기에 두목 검은 거미가 다시 입을 벌린 순간 잽싸게 그것의 후면으로 이동했고, 동시에 훌쩍 도약한 후 사정없이 검을 내리쳤다.

우직!

5수준까지 상승하며 늘어난 모든 무극지기를 주입해 휘두른 검의 위력은 가공했다.

쩌억!

두목 검은 거미의 머리가 그대로 갈라졌다.

"쿠아아아!"

그러나 그것은 여전히 힘을 잃지 않고 난동을 피웠다.

'이런!'

흑룡은 실소를 흘렸다. 두목 검은 거미는 덩치가 아무리 커 봤자 고작 하급 마물에 불과하다. 그런 녀석을 일격에 죽이지 못하다니, 아무리 수준이라는 것이 존재한다 해도 왠지 어이가 없었던 것이다.

'이것 참 어디 가서 창피해서 말도 못하겠군.'

이러고서 과거 초월자 출신이라 어디 가서 말을 하겠는가.

물론 크리오스 왕국에 들어오며 새로운 운명을 부여받은 이상 전직이나 전생을 따져 봤자 아무런 의미가 없는 일이긴 했지만 말이다.

'한 번에 안 되면 두 번에!'

콰직!

흑룡은 힘의 근원을 정확히 노리고 검을 푹 내리찍었다. 그제야 두목 검은 거미는 힘을 잃고 그대로 주저앉았다.

파스스—

곧바로 두목 검은 거미의 사체는 흑색 연기로 변해 흩어졌다. 그와 함께 뭔가가 쏟아져 내렸다.

좌르르—

다름 아닌 디쿠 더미였다.

무려 52디쿠!

그 옆으로는 제법 날이 좋아 보이는 단검 한 자루가 놓여 있었다.

"와! 그걸 혼자서 잡으시다니!"

"으하하핫! 저 엄청난 디쿠 봐라!"

프루아와 루켈다스가 입을 쩍 벌렸다. 그들은 흑룡을 도와 두목 검은 거미를 공격하려 했지만, 그 전에 흑룡이 끝장을 내 버린 것이다.

흑룡은 담담히 웃으며 말했다.

"단검은 프루아 네게 어울리는 무기 같으니 챙겨라."

"호호호! 감사합니다!"

프루아는 단검을 쥐어 들고는 뛸 듯이 기뻐했다. 드래곤 시절에도 암살자라 불리던 그녀인 만큼, 단검술에 능했다.

진룡인 지금도 마찬가지였다. 그녀는 돌도끼 보다 단검을 쥐고 있을 때 전투력이 훨씬 상승할 것이다.

"디쿠는 빠뜨리지 말고 꼼꼼히 챙겨 둬라, 루켈다스."

"예, 염려 마십시오."

루켈다스는 흑룡이 말을 하지 않아도 번개처럼 52디쿠를 자신의 아공간 주머니에 쓸어 넣고 있었다.

그 사이 헤나 등도 거미들과의 전투를 완료했다. 헤나와 칼둔의 수준이 3으로 상승한 반면, 리닌과 시엘은 여전히 2였다.

흑룡은 근처를 돌아보다 널따란 바위를 가리키며 말했다.

"잠시 저곳에서 휴식을 취한 후 다시 이동한다."

"예, 마스터."

휴식은 잠깐이면 충분했다. 어느덧 날이 어둑해지고 있었기에 서둘러야 했다. 기왕이면 날이 캄캄해지기 전에 레티티아 마을에 도착하는 것이 현명할 것이다.

물론 루켈다스의 우려대로 레티티아 마을에 몬스터들이 득실거린다면 상당한 낭패를 당할 수도 있겠지만 말이다.

"자 모두 출발한다. 대열은 조별로! 제이조가 선봉에 서고 제삼조가 후방을 맡는다."

"예!"

일행은 길을 따라 걸었다. 잠시 후 또다시 거미 떼가 나타났다.

"전방에 거미 떼가 나타났어요!"

"사방에서 몰려옵니다!"

그러나 이미 거미들과의 전투 요령을 터득한 터라 흑룡이 따로 말하지 않아도 모두 침착하게 대처했다. 조별로 조장들이 알아서 조원들을 챙겨 주니, 흑룡은 혼자서 두목 검은 거미를 해치우기만 하면 됐다.

그렇게 흑룡 일행이 멀리 레티티아 마을 입구에 도착하기까지 무려 여섯 번이나 거미들과 전투를 벌여야 했는데, 덕분에 모두의 수준이 대폭 올랐다.

흑룡의 수준은 12가 되었고, 루켈다스와 프루아는 9, 헤나와 칼둔이 7, 거구즈와 거트가 6, 시엘이 5, 리닌은 4였다.

이제는 가장 수준이 낮은 리닌과 시엘도 혼자서 거미 두세 마리는 여유롭게 해치울 정도가 된 것이었다.

그러다 보니 마을에 도착하기 전 마지막 전투에서는 거미들이 나타났다가 오히려 일행을 보고 도주하는 사태까지 벌어졌다.

그리고 레티티아 마을 입구 경비 초소에 도착했을 때는 날이 완전히 캄캄해진 밤이었는데, 루켈다스의 우려와는 달리 그곳은 인간들과 이종족들이 거주하고 있는 안전한 미을이었다.

"오! 어서 오십시오! 크리오스 왕국에 오신 여행자들이군요."

"오오! 레티티아 마을에 여행자들이 나타나다니! 이게 얼마만인지 모르겠군요. 검은 거미 떼들을 뚫고 오시느라 정말 고생이 많으셨습니다."

경비병들은 흑룡 일행을 멀리서 보자마자 달려 나와 정중한 예를 표하며 마을 안으로 안내했다.

Chapter 5

귀환의 각인

레티티아 마을은 백색의 벽돌에 붉은 색 지붕이 있는 집들이 수십여 채 정도 있는 작은 마을이었다.

마을을 쭉 둘러 외벽과 해자가 설치되어 있고, 출입이 가능한 두 개의 문에는 병사들이 삼엄한 경비를 서고 있었다.

헤나 등의 두 눈이 휘둥그레졌다.

"와아! 상점이 있어!"

"오! 여관도 있다!"

"식당이랑 술집도 보이는 걸!"

그러나 헤나 등은 문득 난색을 표했다. 상점이나 식당을 이용하려면 돈이 있어야 하기 때문이다.

그러자 흑룡은 루켈다스에게 그동안 모은 디쿠를 공평하게 분배하라고 말했다. 루켈다스는 아공간 주머니의 디쿠들을 바닥에 쏟아 낸 후 그것을 인원수에 맞게 나눴다.

"흐흐! 자 한 명당 72디쿠. 신기하게 딱 떨어지는군."

"야호! 돈이다."

"헤헤! 난 식당부터 가야지!"

모두들 돈을 받아 쥐고 신이 나 있었다. 그러나 정작 돈을 나눠 준 루켈다스는 울상을 짓고 말았다. 프루아가 득의만만한 표정으로 그의 돈을 싹 쓸어간 것이다.

"호호! 내기에서 졌으니 할 말 없지?"

"우라질! 아무리 그렇다고 다 가져가기냐? 반이라도 돌려줘!"

루켈다스가 항의했지만 프루아는 코웃음을 치더니 1디쿠를 던지며 말했다.

"그걸로 술집에 가서 목이나 축이든가."

"쩝! 그럴까?"

1디쿠를 받자 금세 얼굴이 환해지는 루켈다스였다. 그는 싱글거리며 술집을 향해 달려갔다.

그 사이 경비병들은 흑룡을 촌장 더크에게 안내했다. 더크는 나이가 지긋해 보이는 노인이었는데, 두 눈이 매우 맑고 인상이 밝았다.

"저주와 속박의 세계에서 자유와 성장의 세계로 들어온 여행자여! 그대의 방문을 진심으로 환영하네. 이 마을은 그대의 험난한 여정 중에 잠시 편안한 휴식을 취할 수 있는 안전한 장소이니 부담 갖지 말고 머물다 가도록 하게."

"고맙소."

"허허! 마을을 찾아 주니 나야말로 고맙지. 참, 여관으로 가면 특별히 첫 삼 일 동안은 무료 숙박을 제공해 주니 안심하고 푹 쉬도록 하게."

"배려 감사하오."

흑룡은 촌장 노인의 정체를 한눈에 알아봤다. 그가 인간 노인의 형상을 하고 있지만 다름 아닌 오르덴이란 사실을 말이다.

오르덴은 환야에도 존재하는 신비의 종족으로 곳곳에 도시를 이루고 있었다. 그들이 언제 어디서 기원한 것인지는 흑룡도 알지 못했다.

'몬스터들로부터 디쿠라는 화폐가 떨어지는 것을 볼 때 크리오스 왕국 어딘가 오르덴들이 있지 않을까 했는데 역시 예상대로군.'

흑룡은 촌장뿐 아니라 이 마을에 있는 대부분의 사람들

이 오르덴들임을 알 수 있었다. 간혹 인간이나 이종족으로 보이는 이들도 있었지만, 마을의 주축을 이루는 이들은 오르덴이었다.

흑룡이 빤히 쳐다보고 있자 더크가 고개를 갸웃하며 물었다.

"여행자여! 내게 무슨 궁금한 점이 있는가?"

"당신은 혹시 오르덴이 아니오?"

그러자 더크가 두 눈을 크게 떴다.

"오! 오르덴을 알아보다니 그대는 대차원의 세계를 적어도 한 번쯤은 여행해 본 자로군."

"부인하지 않겠소."

"허나 그대가 과거에 어떠한 자였든 크리오스 왕국에서 새로운 운명을 받은 이상 이곳에 적응해야 할 것이네."

"잘 알고 있소. 그보다 이제 우리가 어떻게 해야 하오?"

흑룡은 레티티아 마을이 그저 우연히 이곳에 있는 것이 아님을 직감했다. 단순한 휴식의 장소만이 아니라 뭔가 다른 것이 있을 것이란 생각이었다.

더크가 미소 지었다.

"그대와 그대의 동료들은 장차 정의의 시험을 받게 될 것이네."

"정의의 시험이라 했소?"

"그러네. 크리오스 왕국에서의 모든 모험과 역경은 그대들이 정의로운 존재가 되기 위해 예비된 것이지. 그러나 아쉽게도 여행자들 중 많은 이들이 정의의 시험을 통과하지 못하고 추방된다네."

"추방이라면?"

"크리오스 왕국에서 추방된다는 뜻이야. 안개 저편의 세계 즉, 저주와 속박의 세계로 돌아가야 한다네."

그 말에 흑룡은 내심 놀랐다. 그로서는 크리오스 왕국에서 추방될 수도 있다는 것에 놀란 것이 아니라, 크리오스 왕국의 이 신비한 성장 방식이 바로 정의로운 존재가 되기 위해 예비되었다는 말 때문이었다.

크리오스 왕국에 들어와 새로운 운명을 부여받는 모든 이들에게 기회를 주지만, 그중에서 진정으로 정의를 추구하는 존재만 남겨 두고, 나머지는 추방하겠다는 것이다.

'용자나 혹은 용자의 가디언이 될 수 있는 운명으로 인도한다고 하더니 그 말이 사실이었군.'

흑룡으로서는 다시금 이 크리오스 왕국을 암중에서 지배하고 있는 정체불명의 초월자가 가진 의도가 결코 사악하지 않다는 것을 확인하는 순간이었다.

흑룡은 고개를 끄덕이며 물었다.

"그렇다면 그 정의의 시험은 언제 치르게 되는 것이오?"

"정의의 시험은 자격의 용자 루나이스님이 계시는 리스벨리오 성에서 치를 수 있네."

오! 용자가 살고 있는 성이 있다니.

"그곳은 어디에 있소?"

그러자 더크는 돌연 한숨을 푹 내쉬며 말했다.

"본래 마을 북쪽으로 쭉 가면 리스벨리오 성이 나오네만 지금은 사악한 워 울프들이 길목을 막고 결계를 세워 놓은 상태라네. 모두 여행자들의 발길이 끊어지자 벌어진 현상이지. 여행자들이 많을 땐 워 울프 녀석들이 감히 얼씬도 못 했는데 말이야."

그 말에 흑룡은 담담히 웃으며 대답했다.

"워 울프들의 결계가 있으면 부수면 되는 것 아니겠소? 그건 염려 마시오."

"허허! 그 패기는 마음에 드는군. 하지만 만만치 않을 걸세. 워 울프들의 수준은 보통 20이 넘는다네. 게다가 두목 쿠라탄의 수준은 무려 25이지. 놈들을 상대하려면 그대와 동료들의 수준을 충분히 올린 후 나를 찾아오게. 결계의 틈을 통해 놈들에게 접근하는 방법을 알려 주겠네."

두목 녀석의 수준이 25라니! 꽤 높긴 했다. 그러나 흑룡 역시 그만큼 수준을 올려서 상대하면 될 테니 별일은 아니었다.

"그럼 다시 찾아뵙겠소."

흑룡이 촌장의 집을 나가려 하자 더크가 손을 흔들며 말했다.

"잠깐! 깜빡하고 말을 안 했군. 마을 안에는 귀환의 탑이 있네. 탑 안에 들어가면 귀환의 사제가 있을 테니 그를 만나 귀환의 각인을 하도록 하게."

"그건 무엇이오?"

"귀환의 각인을 한 자에게 죽음의 순간이 도래할 때는 신비한 미스토스의 빛이 그를 귀환의 탑으로 소환하여 생명은 건질 수 있게 해 줄 것이네."

그 말에 흑룡은 다시 놀랐다.

"그 말은 죽기 직전에 소환된다는 뜻이오?"

"그렇지. 하지만 그렇다 해서 그것을 믿고 무모한 전투를 벌이지는 않는 게 좋을 거야. 귀환의 탑으로 소환된 이후에는 한동안 모든 능력치가 급락하게 된다네. 수준이 대폭 하락한 상태로 지내야 한다는 뜻이지. 또한 소환시 입고 있던 옷이나 장비, 소지품 등은 모두 사라져 버린다는 것을 주의하게."

"으음!"

흑룡은 침음을 흘렸다. 모든 능력이 하락한다면 회복될 때까지는 섣불리 마을 밖으로 나가지도 못할 것이다.

"그런 경우 능력치를 빠르게 회복할 수 있는 방법은 없소?"

"있지. 하지만 그것은 소중한 미스토스의 힘을 소모해야 하기에 그만한 비용을 치러야 한다네. 그 비용은 상당히 비싼 편이니 가능하면 그 방법은 추천하지 않는다네."

"그런데 미스토스가 뭐요?"

"미스토스는 매우 신비한 힘이지. 그 힘이 없다면 무슨 수로 죽을 지경에 처한 자를 귀환의 탑으로 소환할 수 있겠나? 그에 대해서는 정의의 시험을 통과하면 자격의 용자이신 루나이스 님이 자세히 알려 주실 거네."

'흠.'

순간 흑룡은 떠오르는 것이 있었다. 그가 이곳 크리오스 왕국에 들어오면서 느꼈던 다소 이질적인 기운이 혹시 미스토스가 아닌가 싶어서였다.

그것은 분명 차원력은 아니면서 그 못지않게 신비한 기운이었다. 그렇지 않아도 그에 대해 궁금했는데, 자격의 용자를 만나면 그 힘에 대해 알 수 있게 된다고 하니 왠지 기대가 되었다.

촌장이 다시 말했다.

"어쨌든 다시 말하지만 무모한 전투는 하지 말게. 죽지는 않는다 해도 한동안 고생을 해야 할 테니 말이야."

"알았소. 아마 그럴 일은 없을 것이오."

흑룡은 절대 무모한 전투를 벌일 생각이 없었다. 기왕이면 일행의 최소 수준을 20 이상으로 만들어 둔 이후에 워울프들과 맞설 생각이었다.

'하지만 그래도 혹시 모르니 모두에게 귀환의 각인을 받도록 해야겠군.'

예측 못할 사태가 벌어져 누군가 죽기라도 한다면 안 될 것이다. 최악의 경우는 대비해 두는 것이 좋으리라.

촌장의 방을 나선 흑룡은 마을 광장을 둘러봤다. 다들 어디로 갔는지 한 명도 보이지 않았지만, 그들을 찾는 건 어려운 일이 아니었다.

마을에 그들이 갈 만한 장소들은 몇 군데 없었기 때문이다.

확인해 보니 시엘은 대장간 앞에 있었고, 헤나와 리닌, 칼둔은 예쁜 카페의 테라스에 앉아 뭔가를 마시고 있었다.

또한 거구즈와 거트는 식당에서 닭고기를 뜯고 있었고, 루켈다스와 프루아는 맥주를 마시는 중이었다.

루켈다스가 테이블 위에 놓인 먹음직스러운 고기 조각을 슬쩍 집어먹으려 하자 프루아가 손을 탁 쳤다.

"흥! 안주 손대지 마. 이 안주는 내가 시킨 거야."

"치사하군! 정말 이러기냐?"

"내가 원래 좀 치사해."

"에잇! 내가 더러워서 돈을 벌어야지."

맥주 한 잔에 1디쿠. 루켈다스는 딱 맥주 한 잔 마실 돈밖에 없었다. 반면에 프루아는 2디쿠짜리 푸짐한 안주도 주문한 상태였다.

'쯧.'

정말 저런 식으로 놀고 싶을까? 언제쯤이나 철이 들려나. 흑룡은 루켈다스와 프루아를 보면 실소가 나오지 않을 수 없었다. 저들은 겉만 진룡들일 뿐 정신 수준만 따져보면 리닌보다 낮아 보였다.

'어쨌든 이제 날이 어둑해졌으니 모두 휴식을 취하도록 하는 게 좋겠지.'

여관에서 앞으로 3일 동안은 무료 숙박을 제공한다고 하니 내기로 인해 빈털터리가 된 루켈다스도 숙박을 하는 데는 지장이 없으리라.

잠시 후 흑룡은 모두를 모이게 한 후 귀환의 탑에 데려가 귀환의 의식을 치르게 했다. 물론 흑룡 자신도 참여했다.

"오늘은 이만 푹 쉬도록 해라. 내일부터는 수준을 높이기 위해 마을 주변의 몬스터를 사냥할 것이다. 모두의 수준이 적당히 높아지면 워 울프의 요새를 박살 내고 자격의 용자가 있다는 리스벨리오 성으로 갈 것이다."

"예, 마스터."

푹 쉬라는 말처럼 듣기 좋은 말이 어디 있을까?

모두의 표정은 밝았다. 게다가 여관에서 무료 숙박을 제공한다고 하니 더더욱 신이 나 있었다.

흑룡 역시 여관으로 향했다. 여관은 마을의 집들 중에서 가장 큰 건물이었는데, 흑룡은 306호로 배정을 받았다.

작은 방. 낡았지만 깨끗해 보이는 침대 하나. 그리고 그 옆의 작은 식탁 위에는 삶은 감자와 물, 몇 가지 과일들이 놓여 있었다.

흑룡은 삶은 감자와 과일로 저녁을 가볍게 때우고는 잠시 방에 앉아 눈을 감고 심법을 운용했다.

수준이 12까지 오르자 무극지기도 제법 쌓여 있었다.

대략 일각이 지났을까?

그는 눈을 번쩍 뜨고는 기지개를 켰다.

'충분히 쉬었으니 이제 나가 볼까?'

일행들에게는 푹 자라고 했지만, 그들과 달리 그는 오랜 휴식이 필요하지 않았다. 무극지기가 가진 신묘한 효능 때문이었다.

그 사이 대장간과 상점 등의 영업은 끝이 났는지 불이 꺼져 있었고, 술집에만 불이 밝혀져 있었다.

물론 흑룡은 술을 마실 생각은 없었기에 술집을 지나쳐 북문 쪽으로 걸어갔다. 그러자 그곳에서 경비를 서고 있던 경비병들이 흑룡을 발견하고 놀라 물었다.

"아니, 오늘 마을에 온 여행자 아니시오! 날이 캄캄해졌는데 이디를 가려는 것이오?"

"잠이 오지 않아 마을 밖을 한 번 둘러볼까 하오."

"혼자서 말이오?"

"그렇소. 왜 밤에 나가면 안 되는 일이라도 있소?"

"밤에는 몬스터들의 출몰 빈도도 높을 뿐 아니라 더욱 흉포해져서 위험하오. 특히 밤에만 출몰하는 타로크라는 몬스터가 있는데 그것의 수준은 10이 넘소. 굳이 야간 사냥을 떠나시려면 동료들과 함께 나가는 게 어떻겠소?"

"그냥 주변만 둘러보고 위험하면 곧바로 돌아올 테니 염려 마시오."

흑룡은 미소 지었다. 몬스터들의 수준이 높다면 오히려 그로서는 반가운 일이었다. 강한 몬스터들을 해치울수록 그의 수준도 빠르게 상승할 수 있기 때문이다.

물론 위험한 것은 맞지만 흑룡에게는 오히려 흥미진진할 뿐이었다.

"그럼 부디 조심하시오."

흑룡의 고집에 경비병들은 어쩔 수 없다는 듯 문을 열어 주었다.

그가 마을을 나서 잠시 걸었을까?

멀리 어둠 속에서 이글거리는 불꽃들이 피어났다. 물론 그것은 몬스터들이 발산하는 안광이었다.

크크크!

키키키키!

음산한 웃음소리. 침을 꿀꺽 대는 소리. 뭔가를 갉아먹는 소리 등이 어우러져 소름 끼치는 분위기를 자아냈다.

대체로 많이 보이는 것들이 검은 거미들이었다. 낮과 달리 그것들의 수준은 대부분 5가 넘었다. 멀리서 보이는 두목 검은 거미의 수준은 무려 11이나 되었다.

'과연 경비병의 말대로군.'

도처에서 거미들이 몰려왔지만 흑룡의 입가에는 오히려 잔잔한 미소가 피어났다.

만일 일행이 함께 있는 상태라면 그는 당연히 마을로 피했을 것이다. 단 한 명의 희생자라도 나와서는 안 되기 때문이다.

그러나 그 혼자라면 다르다.

누구를 보호하기 위해 신경이 분산되지 않아도 될 뿐더러, 일부러 몬스터들을 남겨 둘 필요도 없기 때문이다.

낮에 흑룡은 혼자서 모든 거미들을 해치울 수 있었지만 일행들의 수준을 높여 주기 위해 일행들이 할 수 있는 수준에서 많은 몬스터를 양보했다. 그들에게도 강해질 기회를 주기 위함이었다.

지금은 그 혼자서 모조리 해치우면 될 것이다.

'와라! 모조리 없애 주마!'

흑룡은 사정없이 검을 휘둘렀다. 그를 향해 덤벼드는 검은 거미들은 모조리 연기로 변해 흩어져 버렸다.

그는 이미 주변의 일정 반경을 장악한 상태였다.

밤의 어둠을 비롯해 바닥의 돌멩이, 심지어 흙더미까지도 모두 그의 의지에 따라 움직였다.

절대자연검식이 펼쳐진 것이다.

바다 곳곳에서 디쿠들이 반짝였지만 흑룡은 그것들을 주울 생각도 하지 않고 계속 몬스터들을 해치우기 바빴다.

그렇게 한참의 시간이 지났을까?

어느덧 날이 밝아 왔고 흑룡의 주위엔 더 이상 몬스터들을 찾아볼 수 없었다.

도처에서 디쿠들만 반짝이고 있을 뿐이다. 물론 그가 해치운 몬스터들이 흘린 것들이었다.

'이제 주워 볼까?'

흑룡은 마치 농부가 작물을 수확하는 듯한 뿌듯한 심정으로 디쿠들을 주웠다. 디쿠 뿐 아니라 간혹 가디도 있다 보니 금액이 상당했다.

모아 보니 무려 1베카 32가디 12디쿠.

돈의 양이 많다 보니 주머니에 담기란 불가능했다. 어쩔 수 없이 상의를 벗어 디쿠들을 보자기 형태로 싼 후 레티티아 마을로 돌아왔다.

"마스터!"

"어딜 다녀오세요!"

마을 안으로 걸어오니 그 사이 헤나 등이 모두 깨어나 광장에서 서성거리고 있었다. 그러다 흑룡을 발견하고 다가왔다.

"다들 일어났느냐?"

"예! 벌써 아침까지 먹었는걸요."

"근데 그건 뭡니까, 마스터?"

루켈다스가 흑룡이 들고 있는 보자기를 가리키며 물었다. 흑룡은 미소 지었다.

"뭐긴 뭐겠느냐? 돈이지."

"옛! 언제 그렇게 많은 돈을!"

프루아도 깜짝 놀랐다.

"그럼 설마 밤새 혼자 몬스터들을 잡으신 거예요?"

흑룡은 고개를 끄덕였다.

"나야 원래 밤잠이 없는 편이라서. 뭐 너희들에게 추천할 만한 방법은 아니다."

"대체 지금 수준이 몇이세요?"

"글쎄!"

흑룡은 묘하게 웃었다. 그는 환안을 통해 다른 이들의 수준을 볼 수 있지만, 프루아는 흑룡의 수준을 알 수 없었다.

"어쨌든 이걸로 조장들은 최대한 조원들의 장비를 챙겨 줘라."

흑룡은 돈을 조원 수에 맞게 안분해서 헤나와 루켈다스, 프루아에게 건넸다.

"예, 마스터."

"마스터! 고맙습니다!"

조장들은 신이 나서 각 조원들과 함께 대장간으로 달려
갔다. 그곳에서는 각종 무기들과 방어구들을 팔고 있었는
데, 가격을 확인해 보지 않아 과연 그 돈으로 충분한지는
알 수 없었다.

'부족하면 어쩔 수 없겠지.'

흑룡은 검 하나면 충분했기에 따로 장비가 필요 없었다.
두꺼운 방어구 따위는 그에게 그저 거추장스러울 뿐이다.
오후스의 방패나 갑주처럼 특별한 것들이라면 모를까 말이
다.

'그동안 나는 아침이나 먹어야겠군.'

밤사이 몬스터들과 전투를 벌였지만 특별히 피로하지는
않았다. 그 이유는 수준이 상승할 때마다 소진되었던 체력
이 모두 회복되기 때문이었다.

그러나 허기와 갈증까지 해소되는 건 아니었던 터라 음
식의 섭취는 필수였다.

그는 식당으로 가서 빵과 우유, 그리고 따뜻한 수프로 아
침 식사를 시작했다.

쩝쩝!

'맛은 확실히 별로네.'

사실 초신요리법까지 알고 있는 흑룡에게 어지간한 요리가 입에 찰 리는 없었다. 그래도 그는 굳이 자신의 입에 꼭 맞게 음식을 먹겠다는 생각은 하지 않았다.

'음식은 배만 부르면 될 뿐이지.'

샤크라면 가능하면 맛있는 음식을 먹기 위해 초신요리법을 활용하겠지만, 흑룡은 그보다는 강해지는 것이 더욱 우선이었다.

크리오스 왕국에 왔으니 이곳 왕국의 방식을 따라 최대한 강해지는 것!

주어진 새로운 운명에 최대한 적응할 뿐 아니라 나아가 자신만의 운명을 개척하는 것!

그것이 흑룡의 관심사였다.

비록 예전에 그가 가진 능력에 비하면 이곳에서의 모든 힘은 유치할 정도로 미미하긴 했지만, 매번 수준이 상승할 때마다 느껴지는 벅찬 설렘은 지금까지 한 번도 경험해 보지 못한 것이었다.

흑룡
종족 인간

수준 17

특수 능력 — 환안, 위압의 외침, 도발

수준이 17까지 오르면서 새롭게 생긴 특수 능력은 도발이었다.

도발은 몬스터의 관심을 흑룡 자신에게만 끄는 것으로, 유사시 위험에서 일행을 보호할 수 있는 능력이었다.

이를테면 전투 중에 리닌이나 시엘이 몬스터들에게 둘러싸여 죽음의 위협에 처했을 때, 흑룡이 도발의 특수 능력을 사용하면 리닌 등을 공격하던 몬스터들이 일제히 흑룡을 향해 달려들게 되는 식이었다.

즉, 그런 식으로 일행을 위험에서 보호할 수도 있게 되는 것이다.

또한 혼자서 싸울 때도 제법 유용했다. 흑룡의 수준이 상승하며 은연중 피어나오는 무서운 기세로 인해 몬스터들이 그를 보자마자 달아나곤 하는데, 그때 도발의 능력을 사용하면 몬스터들이 일제히 돌아와 덤벼들기 때문이었다.

흑룡의 입장에서는 도주하는 놈들을 쫓아가 해치우는 것보다 덤벼드는 녀석들을 해치우는 것이 훨씬 편했다.

"마스터! 일조는 준비를 마쳤어요."

"이조도 완료했습니다."

"삼조도 준비 완료했어요."

흑룡이 식당을 나서 광장에 도착하자 일행은 조별로 집결한 채 그를 기다리고 있었다.

"흠."

흑룡은 일행의 장비를 살펴봤다. 그의 눈이 먼저 제일조를 향했다.

조장 헤나는 번쩍이는 체인 메일에 대검을 양손에 쥐고 있었고, 시엘은 흑색의 가죽옷에 활과 화살통을 장착했다.

리닌은 작은 로브를 입고 손에는 귀여운 모양의 완드를 들고 있었다. 완드는 리닌이 가진 치유의 특수 능력을 강화시켜 주는 위력이 있었다.

참고로 리닌이 가진 치유의 특수 능력을 몬스터에게 펼치게 되면 그것이 마법 공격과 같은 위력을 발휘했다.

따라서 완드를 손에 쥔 이상 리닌은 시엘이 활을 쏘는 것 못지않은 공격력을 가지게 된 것이다.

마지막으로 칼둔은 체인 메일과 롱 소드로 무장했다.

"좋아. 제법 괜찮군. 그런데 돈이 부족하지는 않았느냐?"

흑룡이 제법 넉넉히 돈을 주긴 했지만 그 돈으로 헤나 등이 모두 장비를 갖추기엔 부족했을 것이다. 특히 체인 메일 같은 중갑주의 가격은 상당히 비쌌다.

그러자 헤나가 미소 지었다.

"사려면 턱없이 부족하지만 대여를 하기엔 충분한 돈이 었어요."

"대여라면? 장비를 빌려도 준다는 말이군."

"칠 일 후에 반납하는 조건이에요. 그때까지 열심히 몬스터를 사냥하면 제법 돈을 모을 수 있을 테니 대여료가 비싸다고 생각하진 않아요."

흑룡은 고개를 끄덕이고는 제이조의 장비를 살펴봤다. 조장 루켈다스는 커다란 배틀 엑스를 하나 쥐고 있는 것외에 특별한 장비가 없었지만, 거구즈는 번쩍이는 흑색 가죽 갑옷에 양손에는 너클까지 장착한 상태였다.

딱 봐도 루켈다스가 조장으로서 조원을 배려해 준 것이 느껴졌다.

"너희들도 장비를 대여했느냐?"

"예, 장비가 꽤 비싼 편이라서요."

"그럼 열심히 사냥해서 돈을 모아라."

"예, 마스터."

흑룡은 제삼조의 장비를 살폈다. 조장 프루아 역시 두 개의 단검을 장착한 것 외에는 특별한 장비를 갖추지 않았다.
대신 조원 거구즈에게는 번쩍이는 체인 메일에 큼직한 배
틀 엑스를 쥐여 준 상태였다.

그렇게 진룡들이 둘 다 자신의 조원들을 끔찍하게 챙겨
주는 모습에 한편으로 실소가 나오긴 했다.

"좋아, 이제 출발하겠다."

"예, 마스터."

흑룡은 일행과 함께 마을 북문으로 나갔다.

Chapter 6

워 울프 쿠로탄

마을 북쪽은 남쪽보다 비교적 수준이 높은 검은 거미들이 출몰했다. 그러나 흑룡이 밤사이 상대했던 타로크와 같은 녀석들은 나타나지 않았다.

일행들에게는 그래도 상대하기 쉽지 않은 몬스터들이었지만, 흑룡에게는 수준 상승에 거의 도움이 되지 않는 몬스터들이었다.

자신보다 수준이 매우 낮은 몬스터들은 아무리 죽여도 수준을 높이는 데 도움이 되지 않는다는 사실은 밤사이 흑룡이 새롭게 깨달은 사실이었다.

따라서 흑룡은 자신의 수준을 높이기보다는 일행의 수준

을 높여 주는 지원자로서의 역할만 수행했다.

즉, 몬스터들을 몰아다 주되 직접 공격을 하지는 않고 일행들이 수준을 높일 수 있도록 옆에서 지원만 해 주었다.

물론 간혹 일행들이 몬스터들에게 둘러싸여 위급한 상황에 처했을 때는 즉각 검을 휘둘러 구조해 주는 것을 잊지 않았다.

그런 식으로 날이 어둑해질 때까지 몬스터 사냥을 시키니 하루 사이 조원들의 수준이 대폭 높아졌다.

루켈다스와 프루아의 수준은 13, 헤나가 12, 거구즈와 거트가 11, 시엘과 리닌이 모두 10이었다.

"모두 수고 많았다. 오늘 고생했으니 푹 쉬도록 해라."

"예, 마스터."

일행들은 신이 나 있었다. 루켈다스는 도처에 떨어진 돈들을 줍느라 정신이 없었다. 다른 일행들도 그를 도와 디쿠를 주웠다.

흑룡은 일행과 함께 마을로 돌아와 저녁을 먹었다. 그리고는 어제처럼 일각 정도의 휴식을 가진 후 다시 마을 밖으로 나왔다.

낮에는 일행들의 수준을 높여 주었으니 이제는 그의 수준을 다시 높일 차례였다.

그러나 어제와 달리 마을 인근에서는 더 이상 그의 수준을 높이기가 쉽지 않았다. 간혹 타로크들이 한둘 씩 달려들 뿐 무더기로 몰려오던 검은 거미들은 어디론가 싹 사라진 듯 보이지 않았다.

'녀석들이 나를 두려워해 미리 피하는 것인가?'

흑룡은 북쪽으로 이동했다. 수준이 상승하며 그만큼 무극지기의 양도 늘어난 덕분에 그는 비교적 내공의 소모가 적은 무공이나 마법들은 어렵지 않게 펼칠 수 있게 되었다.

당연히 경공술이나 은신술도 가능했다.

무극무영신(無極無影身)!

이는 전전생의 백룡이 창안한 대표적인 은신술로 그보다 전투력이 떨어지는 상대에게는 코앞까지 접근해도 발각당하지 않을 만큼 신묘한 위력을 자랑했다.

따라서 지금 상황에서는 흑룡보다 수준이 낮은 몬스터의 경우 무극무영신을 간파할 수 없을 것이다.

스스스―

흑룡은 어둠 속에서 그대로 투명한 그림자가 되어 이동했다.

그러자 숨어 있던 몬스터들이 하나둘 모습을 드러내기 시작했다. 검은 거미들도 있었고, 타로크들도 있었다.

'역시 놈들이 나를 피했던 것이군.'

흑룡의 입가에 회심의 미소가 맺혔다. 무극무영신을 펼친 이상 몬스터 사냥은 더욱 쉬워졌다.

물론 그렇다 해서 어제처럼 모조리 다 죽일 생각은 없었다. 수준 차이가 많이 나는 하급 몬스터들은 아무리 죽여도 수준을 높이는 데 도움이 안 되기 때문이다.

흑룡은 보통의 검은 거미들이나 타로크들은 일행을 위해 남겨 두고, 두목급만 해치우기로 했다.

스컥!

"쿠아아아악!"

은밀히 접근한 후 힘의 근원을 노려 강력한 일격을 날리면 끝이었다.

그런 식으로 두목 몬스터를 해치우면 흑룡의 모습이 주변의 몬스터들에게도 감지되었지만, 그것들은 덤벼들기보다는 후다닥 달아나기 바빴다.

반짝!

몬스터가 사라지면 흘린 돈은 그냥 무시하고 지나갔는데 돌연 흑룡의 시선을 끄는 것이 있었으니!

'저건 요대?'

허리에 두르는 요대였는데 작은 마법 가방이 부착되어

있었다.

'가방에 공간 확장 마법과 경량화 마법이 펼쳐져 있군.'

흑룡은 의외의 보물을 발견해 흡족하게 웃었다. 가방 안에 확장된 공간이 제법 넓었던 것이다.

'잘됐어. 이렇게 된 이상 돈을 모두 챙겨 두도록 하자.'

두목 급의 몬스터를 해치우면 평균적으로 1가디 정도의 돈이 떨어진다. 문제는 그것이 가디가 아닌 디쿠들이라는 것!

아주 간혹 가디가 떨어지는 경우도 있지만 대부분 디쿠들이다 보니 무게는 물론이요 부피도 만만치 않았다. 그런 걸 주머니에 넣고 전투를 벌이기란 여러모로 번거로웠다.

그래서 흑룡은 돈을 줍는 걸 포기했는데, 이제 쓸 만한 마법 가방이 생긴 이상 그럴 필요가 없었다.

슥! 스윽!

흑룡은 아까 버려 뒀던 돈들이 있던 곳으로 돌아가 모두 가방에 챙겨 넣었다. 그 사이 10가디 정도의 돈이 들어갔지만 가방에서 무게는 거의 느껴지지 않았다.

'확실히 가방이 있으니 편하군.'

예전에는 이런 마법 도구에 의존하지 않고도 그 스스로 얼마든지 아공간을 만들어 낼 수 있었다.

지금은 물론 불가능했다. 아마도 무극지기가 한참 더 늘어나야 가능할 것이다. 그러기 위해서는 수준이 먼저 올라야 하겠지만.

'그럼 다시 시작해 볼까?'

흑룡은 계속해서 두목급 몬스터들을 찾아 해치웠다.

'이런 가방들을 또 얻을 수 있다면 좋을 텐데 아쉽군.'

일행들에게 나눠 주면 모두 유용하게 쓸 수 있을 것이다. 루켈다스야 아공간 주머니를 만들 수 있는 능력이 있지만 다른 일행들은 그것이 불가능했다.

그러나 그동안 흑룡이 살펴본 바에 의하면 이런 특별한 물건을 떨어뜨리는 녀석들은 두목 몬스터들뿐이었다.

물론 모든 두목 몬스터들이 아니라 그중에서도 극히 일부였다. 따라서 가방은 아주 운이 좋아야 얻을 수 있을 것이다.

'그래도 죽이다 보면 결국 나오겠지.'

흑룡은 눈에 불을 켜고 두목 몬스터들을 찾아 나섰다.

촤악!

"꾸아아아악!"

무극무영신의 신묘한 은신 상태로 다가서는 흑룡의 존재를 몬스터들은 눈치채지 못했기에 자신이 왜 죽는지도 모르고 쓰러졌다.

　그렇게 흑룡은 두목 검은 거미 30여 마리와 두목 타로크 3마리를 해치웠다.

　그 사이 돈은 35가디 정도를 주웠지만 원하던 가방은 얻지 못하고 단검만 세 자루를 얻었다. 모두 두목 검은 거미에게서 떨어진 것이었다.

　'흠.'

　흑룡은 비로소 두목 검은 거미에게는 오직 단검만 떨어진다는 사실을 눈치챌 수 있었다. 물론 동일한 단검은 아니었다.

　놀랍게도 마지막으로 얻은 것은 단검 자체에 하급 헤이스트 마법이 부여되어, 단검을 장착 시 움직임이 빨라지는 효력이 있었다.

　'두목 거미를 죽이면 특정한 확률로 단검을 얻을 수 있지만, 운이 좋으면 보통의 단검이 아닌 마법 단검이 나오는 것 같군.'

　흑룡은 단검을 만지작거리며 생각에 잠겼다. 이 마법 단검의 위력은 레티티아 마을에서 파는 어떤 무기보다 강했다.

　그가 직접 사용해도 좋겠지만, 그보다는 단검을 주무기

로 사용하는 프루아에게 주면 적당할 듯했다.

'이런 면으로 본다면 각각의 두목 몬스터를 해치울 때마다 얻을 수 있는 물건은 정해져 있는 것이 아닐까?'

따라서 마법 가방을 얻으려면 두목 거미가 아닌 두목 타로크를 해치워야 하는 것이다. 마법 가방은 아까 두목 타로크를 쓰러뜨린 후 얻은 물건이었으니까.

그렇다면 흑룡이 가장 좋아하는 장검은 어떤 녀석을 해치워야 얻을 수 있는 것일까?

'두목 슬라임!'

그렇다. 흑룡은 두목 슬라임을 해치우고 장검을 얻었었다. 그땐 그냥 우연인가 했는데, 만일 같은 방식이라면 두목 슬라임들을 무수히 잡다 보면 마법 검도 얻을 가능성이 높았다.

'누군지 모르지만 참 기막힌 방식으로 만들어 놓았군.'

물론 그 누군가는 이 크리오스 왕국의 초월자일 것이다.

'갈수록 그가 누군지 궁금해지는구나. 이런 것까지 생각하느라 얼마나 고심이 많았을까?'

흑룡은 절로 감탄이 나오지 않을 수 없었다.

크리오스 왕국의 초월자! 그는 대체 누구인가?

어차피 그가 누군지는 머지않아 알게 될 것이다.

조만간 흑룡이 아닌 샤크가 초월자의 경지에 이르면 그를 만나 볼 것이다.

흑룡은 그 일은 샤크에게 맡겨 두었기에 더 이상 관심 갖지 않기로 했다. 그가 지금 할 일은 크리오스 왕국에서 수준을 높이는 것이었다.

'그럼 타로크들을 위주로 찾아보는 게 좋겠군.'

흑룡은 굳이 마법 검이 필요 없었다. 오히려 번거로울 뿐이다. 그것은 아마도 진룡들에게도 마찬가지일 것이다.

프루아에게 마법 단검을 주면 좋아야 하겠지만, 그들의 수준아 높아지면 어차피 마나가 상승하기에 웬만한 마법은 스스로 부여해서 사용할 수 있었다.

물론 거신병과 같은 특수한 위력을 발휘하는 무기라면 얘기가 달라지겠지만 말이다.

계속해서 흑룡은 두목 타로크들만 찾아다니며 해치웠다. 날이 밝아올 무렵 그는 마법의 가방이 달린 요대 3개를 얻을 수 있었고 수준은 20으로 상승해 있었다.

마을로 귀환한 후에도 그의 일과는 달라지지 않았다.

낮에는 일행들의 수준을 높여 주고 밤에는 그 자신의 수준을 높이는 식이었다.

다만 수준이 20이 넘은 이후에는 두목급 몬스터들을 해치워도 수준이 쉽게 오르지 않았다.

　무척이나 지루한 과정이었지만 그는 멈추지 않았다.

　지루함을 참아 내는 데는 이력이 나 있었으니까.

　'지루함을 참아 내는 것도 수련의 일종이지.'

　그렇게 레티티아 마을에 온지 열흘이 지났을 때 그의 수준은 25가 되었다.

　그러나 25가 된 이후에는 그 어떤 몬스터를 죽여도 수준이 상승하지 않았다. 수준을 높여 줄 만큼 강한 몬스터들이 없기 때문이었다.

　'좀 더 센 녀석들을 찾아야 할 때가 왔군.'

　마을 주변에는 없다. 이제 촌장이 말한 워 울프들의 결계로 들어갈 때가 온 것이다.

　흑룡
　종족 인간
　수준 25
　특수 능력 ― 환안, 위압의 외침, 도발, 공략

　수준이 25가 되면서 생겨난 새로운 특수 능력 공략!

　그것은 말 그대로 공략이었다.

대상 몬스터를 효율적으로 상대할 수 있는 방법을 저절로 알 수 있게 되는 것인데, 다만 흑룡 자신보다 수준이 높은 몬스터에게는 통하지 않는다 했다.

따라서, 흑룡 자신의 수준만 충분히 높다면 아무리 기괴한 몬스터가 나타나도 손쉽게 상대할 수 있다는 뜻이었다.

이런 특수 능력은 무공이나 마법과는 전혀 다른 방식으로 주어지는 것이라, 흑룡은 무척 신기했다.

'그것 참 기괴하구나. 이 또한 촌장이 말한 미스토스와 관련된 능력이겠지. 미스토스! 정말 놀라운 힘이군.'

흑룡의 두 눈이 이글거렸다. 초월자였던 그에게 있어 미지의 새로운 힘을 발견한 것처럼 설레는 일이 어디 있겠는가.

언젠가 그가 이 미스토스라는 힘마저 활용하고 통제할 수 있게 된다면 또 다른 차원의 경지에 이를 수도 있을 테니 말이다.

그 사이 진룡들은 22, 헤나가 21, 거구즈와 거트가 20, 시엘이 19, 리닌이 18이 되었다. 그들 모두는 흑룡이 챙겨준 마법 가방이 부착된 요대를 착용하고 있었다.

또한 수준들이 상승하며 그들에게도 각각 전투나 혹은 제작, 치유와 관련된 특수 능력들이 생겨났다.

진룡들은 수준이 상승함에 따라 늘어난 마나로 인해 웬만한 하급 마법쯤은 자유롭게 구사하게 되었고, 전투력은 급증했다.

또한 리닌의 치유력은 더욱 강력해져, 한 번의 주문에 일행 전체를 치료해 주기도 했다.

헤나는 이미 르메스 대륙에 있을 때보다 강력해졌고, 거구즈와 거트 또한 전투력이 비약적으로 늘어났다.

시엘은 드워프로서의 능력이 발전해 이제 웬만한 초급 무기들은 재료만 있으면 그 자리에서 뚝딱 만들어 냈다.

"이제 모두의 수준이 적당히 상승한 것 같으니 사악한 결계를 펼쳐 용자의 성으로 가는 길을 막고 있다는 워 울프들을 해치우러 가도록 하자."

흑룡의 말에 루켈다스가 기다렸다는 듯 고개를 끄덕였다.

"그렇지 않아도 매일 마을 근처의 약한 몬스터들을 사냥하는 것이 지루했습니다. 드디어 놈들을 잡으러 가는군요."

"호호! 하찮은 워 울프들 따위는 굳이 마스터께서 나서지 않아도 저희들끼리 알아서 해치울 수 있어요."

프루아 역시 자신만만한 표정으로 대답했다. 헤나와 리

닌, 거구즈 등도 모두 들뜬 기색이었다.

흑룡은 담담히 웃었다.

"과신은 금물이다. 그 두목 녀석의 실력이 보통은 아니라고 하니, 놈이 나타났을 때는 섣불리 나서지 말고 나의 지시를 따르도록 해라."

"예, 마스터!"

흑룡은 미리 주의 사항을 말한 후 일행과 함께 촌장 더크를 찾아갔다.

더크는 마을 회관 앞에서 그들을 반겼다.

"어서 오시오. 용맹한 여행자들이여! 그대들이 최근 마을 주변의 몬스터들을 해치운 덕분에 마을은 매우 안전해졌다오. 나를 비롯한 레티티아 마을의 모든 사람들은 그대들에게 고마워하고 있소."

흑룡은 미소 지었다.

"오늘은 워 울프들의 요새를 공격하려 하니 결계의 위치를 알려 주시오."

"그렇지 않아도 이제 때가 되었다 생각해 기다리고 있었소. 마을 회관 지하의 마법진이 그대들을 워울프의 결계 앞으로 이동시켜 줄 것이니 나를 따라오시오."

흑룡 등은 즉시 더크를 따라 마을 회관의 지하로 내려갔다. 마법진은 지하 2층에 위치한 커다란 밀실의 중앙에 그려져 있었다.

모두가 마법진에 오르자 더크는 마지막으로 당부를 했다.

"그곳은 매우 위험한 곳이니 모두 마음의 준비를 단단히 하는 게 좋을 것이오. 워 울프 두목 쿠라탄을 특히 조심하시오."

"염려 마시오. 이제 마법진을 작동시켜 주시오."

흑룡은 충분히 승리를 자신했다. 쿠라탄의 수준이 25라지만 흑룡 역시 이미 25에 이르렀다. 같은 수준의 몬스터라면 흑룡에게는 매우 손쉬운 상대일 수밖에 없었다.

또한 일행들의 수준도 만만치 않게 올랐으니 쿠라탄의 부하 워 울프들을 상대하는 데 어려움이 없을 것이다.

더크가 흑룡을 바라보며 고개를 끄덕였다.

"허허! 쿠라탄을 쓰러뜨리면 결계가 사라지고 성으로 갈 수 있는 이정표가 나타날 것이오. 부디 건투를 빌겠소."

곧바로 마법진에서 환한 빛이 일어나 흑룡 등을 휘감았다.

화아아악!

잠시 후 빛무리가 사라졌을 때 흑룡 등은 어둑한 초원 위에 서 있었다.

휘이이이—

세찬 바람이 지나갔다. 검은 구름에 가려졌던 달이 드러
나며 주변의 정경이 보였다.

"오! 저기 요새가 있습니다."

"워 울프들이 보여요!"

그들의 전면에는 칙칙한 빛깔의 요새가 세워져 있었는
데, 요새 곳곳에 늑대의 얼굴에 인간의 몸을 가진 워 울프
병사들이 전신 무장을 한 채로 흑룡 일행을 내려다보고 있
었다.

"쿠워허어어어엉!"

"쿠워어어어어!"

워 울프들은 일제히 울부짖었다. 그 소리가 얼마나 큰지
마치 폭풍이 휘몰아치는 듯했다.

"쿠하하하! 감히 이곳이 어디라고 왔느냐? 경고하겠다.
여기는 너희 같은 여행자들에게는 무덤과 같은 곳! 혹시 길
을 잘못 들어서 온 것이라면 지금이라도 늦지 않았으니 그
대로 방향을 돌려 왔던 길로 돌아가도록 하라."

거친 쇳소리와 같은 음성은 요새의 망루 위에서 들려왔
다. 다른 워 울프들에 비해 신장이 거의 두 배나 되는 거대

한 워 울프였다.

피처럼 붉은 털이 전신을 뒤덮었고 두 눈의 짙푸른 안광은 뇌전을 연상케 했다.

흑룡은 그를 향해 담담히 물었다.

"네가 바로 쿠라탄이냐?"

그러자 쿠라탄이 가소롭다는 듯 흑룡을 내려다보며 대답했다.

"나의 이름을 알고 있는 걸 보니 너희들은 레티티아 마을에서 온 얼간이들이로군."

"얼간이는 모르겠고 레티티아 마을에서 온 것은 맞다."

"큭! 어리석은 놈들 같으니! 그토록 죽음을 자초한다면 너희가 바라는 대로 해 주지."

그의 두 눈에서 섬뜩한 살기가 폭사되어 나왔다. 그에 헤나 등이 몸을 움찔 떨었지만 흑룡은 피식 웃을 뿐이었다.

진룡들도 마찬가지였다. 그들이 아무리 예전 드래곤의 힘을 잃어버린 후 새롭게 강해지고 있다지만, 어찌 워 울프 따위에게 기가 죽겠는가.

"하찮은 워 울프 놈이 드래곤 무서운 줄 모르고 까부는 건가."

"호호! 고작 늑대 따위가 목에 힘을 팍팍 주는 꼴을 도

저히 못 봐주겠구나. 이봐, 너 드래곤이 뭔지 알고는 있겠지?"

순간 쿠로탄은 몸이 세차게 떨렸다. 그 모습을 보고 루켈다스와 프루아는 기고만장한 표정으로 웃었다.

"꼴을 보니 드래곤 무서운 줄은 알고 있는 것 같은데?"

"호호! 비 맞은 강아지 같이 불쌍해 보이잖아."

그러나 그들의 생각과 달리 쿠로탄은 두려워 떨고 있는 것이 아니었다. 몸이 세차게 떨리는 것은 그가 매우 분노했을 때 나타나는 현상이었다.

'고작 늑대라고!'

쿠라탄이 가장 듣기 싫어하는 말이 바로 그것이었다.

감히 워 울프의 수장인 자신에게 고작 늑대라니!

"쿠오오오오오오!"

곧바로 쿠라탄은 크게 포효를 날렸다. 그러자 그의 부하들도 일제히 따라 포효를 질러 댔다.

"크워어어어엉!"

"쿠훠어어엉!"

귀가 찢어질 듯한 소음들이 울려 퍼졌다. 쿠라탄은 커다란 배틀 엑스를 번쩍 쳐들며 크게 외쳤다.

"쿠우우우우우—! 용맹한 워 울프의 전사들이여! 감히

우리를 모욕한 저 하찮은 여행자들에게 너희들의 분노가 무엇인지 보여 주도록 하라!"

그 순간 요새의 문이 덜컹 열리더니 워 올프들이 쏟아져 나왔다.

"쿠워어어어어!"

"크르르르!"

그러자 흑룡이 다급히 외쳤다.

"당황하지 말고 조별로 침착하게 놈들과 맞서라. 일조는 후방, 이조는 좌측, 삼조는 우측이다."

"예, 마스터."

"흐흐, 염려 마십시오."

"마스터의 뜻대로."

헤나와 루켈다스, 프루아는 조원들을 이끌고 흑룡이 말한 위치에 섰다.

흑룡이 혼자서 요새가 보이는 전방 쪽을 맡았고, 현재 그가 있는 곳을 향해 워 올프들이 파도처럼 몰려왔지만 일행 중 누구도 그에 대한 걱정을 하는 이는 없었다.

왜냐면 그는 흑룡이니까.

그것 하나면 충분하다.

다른 이유가 필요 없었다.

안개 저편의 세계는 물론이고, 이곳 크리오스 왕국에 넘어와서도 흑룡은 과연 흑룡이라는 사실을 모두들 끊임없이 목격했던 것이다.

스컥! 스컥!

아니나 다를까, 흑룡의 앞으로 몰려오던 워 울프들의 목이 맥없이 잘려 바닥으로 나뒹굴었다. 마치 하나씩 흑룡의 검에 목을 가져다 대기라도 하듯 차례로 달려와 쓰러지는 식이었다.

이에 놀란 쿠로탄이 소리쳤다.

"저놈은 내가 맡겠다. 너희들은 놈의 부하들을 공격해라!"

그 순간 워 울프들이 파도가 갈라지듯 양쪽으로 나뉘었다. 그들은 흑룡을 지나쳐 일행의 좌우로 달려들었다.

그리고 갈라진 파도의 끝에는 거대한 워 울프가 배틀 엑스를 번쩍 들고 당당히 달려오고 있었다.

쿠로탄
종족 워 울프
수준 25
특수 능력 — 강한 생명력, 공포, 혼란, 분격

'두목 몬스터답게 다양한 특수 능력을 갖고 있군.'

강한 생명력은 쉽게 죽지 않는 끈질긴 생명력을 의미하고, 공포와 혼란은 대부분의 두목 몬스터들에게 있는 특수 능력이었다. 다만 분격은 흑룡도 처음 보는 것이었다.

분격

─분노가 극에 다다르면 스스로의 생명력을 태워 일시적으로 공격력과 방어력을 급증시킨다.

공략

─분격 시에는 가히 무적과도 같은 전투력을 발휘하니 가능하면 분격 상태에는 부딪치지 말고 분격의 효과가 사라진 후에 공격을 하는 것이 유리하다.

다행히 흑룡은 분격이 어떤 능력인지는 물론이고, 그것에 대해 대처하는 방법까지 어렵지 않게 알아냈다. 물론 그가 가진 환안과 공략의 특수 능력 때문이었다.

'분격은 광전사들이 쓰는 광폭과 흡사한 건가?'

광폭은 스스로의 생명력을 희생하면서까지 펼치는 능력

이다 보니 그때는 보통 때보다 몇 배 이상의 전투력을 발휘하게 된다.

분격 또한 그와 비슷한 능력이라면 공략대로 분격 상태에는 직접적으로 맞붙지 않는 것이 현명할 것이다. 특히 저처럼 거대한 덩치를 가진 두목 몬스터인 쿠로탄의 경우라면 더더욱 말이다.

물론 흑룡에게는 그저 가소로울 뿐이었다. 광폭이나 격분 류의 무공은 특히 마공 중에 꽤 많았다. 따라서 그는 어떤 식으로 그 같은 마공을 상대하는지 잘 알고 있었다.

그런데 그때 예기치 않은 문제가 발생했으니!

"쿠하하핫! 네놈은 내가 상대해 주겠다."

"호호홋! 이 덩치만 큰 늑대 녀석!"

루켈다스와 프루아가 돌연 대열을 이탈해 쿠로탄을 향해 돌진하는 것이 아닌가. 이에 놀란 흑룡이 즉시 호통을 날렸다.

"뭣들 하는 건가? 어서 돌아오지 못하느냐?"

"마스터! 저놈은 제게 맡겨 주십시오. 제가 그래도 명색이 진룡인데 저따위 늑대 놈 하나 못 이기겠습니까?"

"저따위 녀석은 굳이 마스터께서 나서지 않으셔도 저희들 손에서 해결할 수 있어요."

루켈다스와 프루아는 자신만만했다. 최근 수준이 대폭 오른 덕분에 마나도 제법 늘어났기 때문이다.

　물론 그래 봤자 중급 정도의 마법을 펼치는 정도지만, 그들은 그것만으로도 충분히 워 울프 쿠로탄을 쓰러뜨릴 수 있다고 확신했다.

Chapter 7

강제 소환

'저놈들이!'

흑룡은 두 번 말하지 않았다. 한 번 말을 했는데 듣지 않은 녀석들이 두 번 말한다고 들을 리가 없기 때문이다.

그리고 지금은 그들이 이탈함으로 인해 혼란에 빠진 대열을 안정시킬 때였다. 좌우에서 몰아닥치는 워 울프들의 공세를 거구즈와 거트가 감당하기는 쉽지 않았던 것이다.

아니, 이미 늦고 말았다. 워 울프 하나가 휘두른 도끼가 거구즈의 머리에 박혔고, 또 다른 워 울프가 찌른 창이 거트의 심장을 꿰뚫었다.

"크아악!"

"커억!"

저대로라면 즉사나 다름없기에 흑룡은 깜짝 놀랐다.

다만 그때 거구즈와 거트의 몸이 푸른 그림자의 형태로 바뀌어 있었다. 그리고 그 그림자들은 이내 그 자리에서 환영처럼 흩어져 버렸다.

'음.'

흑룡은 비로소 거구즈와 거트가 죽은 것이 아니라 마을에 있는 귀환의 탑으로 소환된 것임을 알 수 있었다.

방금 전 그들이 죽음 직전의 상황에 처하자 그 즉시 소환되었고, 그 자리에는 환영이 대처하고 있었던 것이다.

즉, 비명을 지른 것은 거구즈와 거트가 아니라 일시적으로 생성된 환영들이었다. 그들은 현재 귀환의 탑으로 이동되어 있을 것이다.

'귀환의 각인을 해 두길 잘했구나.'

거구즈 등의 소환은 안타까운 일이었지만 그로써 그들의 생명은 건졌으니 다행이었다. 그리고 더 이상 그에 신경 쓸 때가 아니었다. 그 사이 워 울프들이 헤나와 리닌 등이 있는 일조 쪽을 향해 몰려가고 있었기 때문이다.

그런데 일조는 오히려 안정적이었다.

헤나와 칼둔이 워 울프들과 맞서는 사이 뒤쪽에서 시엘

이 그들을 지원하며 활을 쏘았다. 또한 리닌은 조원들이 약간의 상처라도 입을 상황이면 치유의 능력을 펼쳐 그들을 회복시켜 주었다.

'훌륭하군.'

흑룡은 굳이 자신이 일조에 합류하지 않아도 충분히 저들 스스로 버틸 수 있음을 확인했다. 덕분에 그는 종횡무진 워 울프들 사이를 누비며 검을 휘두를 수 있었다.

파파! 파파팟—

"끄어억!"

"꾸엑!"

그의 검이 번쩍일 때마다 워 울프들이 쓰러졌다. 그야말로 일방적인 도살이나 마찬가지였다.

한편 그때 전방으로 달려갔던 루켈다스와 프루아는 제법 강력하게 쿠로탄을 몰아붙였다.

"파이어 월! 파이어 애로우……!"

"아이스 스피어! 썬더 스트라이크……!"

그들의 손에서 연신 마법들이 쏟아져 나왔기에 쿠로탄은 정신을 차릴 수가 없었다.

한쪽에서는 불화살이, 다른 쪽에서는 얼음 화살이 날아드는 것도 모자라, 하늘에서는 번개가 내려치기도 했다. 그는 제대로 공격도 해 보지 못하고 뒷걸음질 쳤다.

"흐흐, 어떠냐, 애송이 늑대 놈아!"

"호호홋! 이제 그만 죽어랏!"

루켈다스와 프루아는 득의만만한 표정을 짓고 있었지만, 마법을 지속적으로 펼쳤는데도 쿠로탄이 쉽게 쓰러지지 않아 내심 당황한 상태였다.

'제길! 마나가 떨어지기 직전인데……'

'칫! 망할 늑대 녀석 더럽게 안 죽는구나.'

쿠로탄은 비틀거리면서도 결코 쓰러지지 않았다. 그러고는 이따금씩 배틀 엑스를 사납게 휘두르며 반격을 해 왔기에 루켈다스 등은 초조한 상태였다.

물론 그렇다 해도 그들은 자신들의 승리를 의심치 않았다. 그동안 단 한 번의 공격도 허용하지 않았던 그들과 달리 쿠로탄은 전신이 만신창이 상태로 화해 있었던 것이다.

게다가 지금은 쿠로탄이 한쪽 무릎을 꿇은 자세로 고개를 푹 숙이고 있었다.

"저놈이 드디어 한계에 달했나 보군."

"정말 맷집 하나는 끝내주는 놈이야."

루켈다스와 프루아는 최후의 공격을 위해 마나를 끌어모았다.

바로 그 순간!

방금 전까지 쓰러질 듯 위태로워 보이던 쿠로탄이 벌떡 일어나더니 커다란 포효를 날렸다.

"쿠워어어어어어!"

그 소리가 얼마나 크던지 루켈다스와 프루아는 일순 혼란에 빠지고 말았다. 최후의 일격을 위해 끌어모았던 마나가 흩어질 정도였다.

"크으! 저건 또 뭐야?"

"으윽!"

그들은 비틀거리며 뒷걸음질 쳤다.

"크크크크!"

쿠로탄의 신장이 늘어났다. 본래도 거대했던 신장이 대략 2로빗 정도 늘어나 무려 6로빗에 육박했다.

뿐만 아니라 그의 두 눈에서 폭사하는 안광도 가히 열 배는 강렬해진 듯했다.

"쿠카카카카캇! 하찮은 여행자 놈들이여! 너희가 진정으로 나를 분노케 했구나."

그 말과 함께 쿠라탄이 가히 폭풍과 같은 기세로 돌진해 왔다. 루켈다스가 기겁하며 외쳤다.

"제길! 피, 피해!"

"앗……."

그러나 그때 프루아는 돌부리에 걸려 넘어지고 말았다. 그런 그녀를 향해 쿠라탄의 배틀 엑스가 가차 없이 날아들었다.

퍽!

그것이 끝이었다. 프루아는 비명조차 지르지 못한 채 그 자리에서 흩어져 버렸다.

"제길! 네놈이 감히!"

루켈다스가 번쩍 뛰어올라 쿠로탄의 머리를 도끼로 후려쳤지만 그것은 꿈쩍도 하지 않았다. 오히려 키득 조소를 흘리더니 왼손으로 루켈다스의 몸을 움켜쥐었다.

우드득!

"크으으!"

그것이 끝이었다. 연이어 날아든 배틀 엑스의 도끼날이 루켈다스의 머리를 날려 버린 것이다.

'쯧.'

그 모습을 보고 흑룡은 혀를 찼다. 명령까지 듣지 않고 기세 좋게 달려간 녀석들의 최후였다. 그들은 명령 불복종으로 인해 부하들도 죽이고 자신들까지 죽었다는 사실을 알고 있을까?

'저놈들은 정신 교육이 좀 필요하겠군.'

물론 정신 교육은 나중 일이고 우선은 저 덩치 큰 늑대 녀석을 해치우는 것이 급선무이리라.

쿵쿵쿵쿵!

쿠로탄이 달려왔다. 다행히 그 사이 워 울프들은 모두 흑룡의 검에 쓰러진 상태다. 흑룡은 헤나 등을 향해 말했다.

"저 녀석은 오직 전면의 나만을 공격할 것이다. 너희들은 녀석의 후면에 위치해 있으면 안전하니 기회를 봐서 녀석의 등을 공격하도록 해라."

"예, 마스터."

헤나 등은 고개를 끄덕였다. 방금 전 흑룡의 말을 따르지 않고 제멋대로 날뛰던 진룡들이 맥없이 죽는 장면을 보았기에 그들의 표정은 긴장으로 굳어 있었다.

"쿠오오오오!"

쿵쿵쿵!

쿠로탄이 사나운 기세로 달려왔지만 흑룡은 담담하게 그 모습을 지켜봤다. 쿠로탄은 여전히 분격 상태로 거대해져 있었기에 흑룡은 섣불리 공격하기보다는 시간을 끌 생각이었다.

분격 상태에서는 거의 무적에 가까운 방어력을 갖게 되

기에 공연히 힘을 소모해 공격할 필요가 없었다.

"크카카카카! 죽어라!"

그 사이 흑룡의 앞에 도착한 쿠로탄이 배틀 엑스를 내리쳤다.

쒸이이익—

마치 오러 블레이드라도 날아오는 듯 가공할 기세.

'제법 강력하군.'

흑룡은 두 진룡들이 저것 한 방에 맥없이 죽임을 당했던 이유를 알 수 있었다.

그러나 흑룡은 너무도 가볍게 쿠로탄의 공격을 피해 냈다. 쿠로탄이 배틀 엑스를 아무리 빠르게 휘둘러도 흑룡은 마치 그의 동작을 알고 있기라도 하듯 한 발 앞서 피해 버렸다.

"크으으으! 이 쥐새끼 같은 놈 같으니! 제발 좀 맞아라!"

쿠로탄은 방방 날뛰며 배틀 엑스를 휘둘렀다. 흑룡은 산책을 하듯 여유로운 표정으로 쿠로탄의 분격 상태가 사라지길 기다렸다. 그러다 쿠로탄의 신장이 본래의 크기로 돌아가자 비로소 회심의 미소를 지으며 말했다.

"이제 이놈을 공격해라."

"예, 마스터."

헤나를 비롯한 제일조의 조원들이 기다렸다는 듯 각자가 가진 최강의 공격을 날렸다.

좌아악!

먼저 헤나가 힘차게 도약하며 내려친 대검이 쿠로탄의 등을 가격했다. 그녀의 공격은 단순한 대검 휘두르기가 아닌 천룡승천검법의 절초 중 하나였다.

아직 동작이 완벽하지 못하고 수준이 낮아 제 위력의 백분지 일도 발휘하지 못했지만, 그래도 쿠로탄의 등짝을 쫙 갈라놓기는 충분했다.

이어서 칼둔의 롱 소드가 쿠로탄의 허벅지에 작렬했다.

물론 그의 공격 또한 결코 범상치 않았다. 샤크에게 배운 흑혈마검식의 절초가 펼쳐졌던 것이다.

흑룡의 경우 수준이 상승하면 무극지기가 증가하는 반면에, 헤나는 천룡지기가, 칼둔은 흑마지기가 증가했다. 이는 그들이 운용하는 심법으로 인해 마나가 각각의 신체에 맞는 성질로 변환되기 때문이었다.

슈슉! 콰쾅—

이어서 시엘이 날린 화살들이 쿠로탄의 엉덩이와 어깻죽지에 작렬했다. 놀랍게도 화살이 작렬할 때마다 폭음이 일었다.

시엘이 샤크에게 배운 아수라폭멸탄궁을 펼친 것이다.

물론 아직 그 무공의 진정한 위력에 비하면 빙산의 일각에 불과하지만 그것만으로도 쿠로탄에게 적지 않은 충격을 주기에 충분했다.

번쩍! 화아아악—

리닌 또한 만만치 않았다. 그녀의 완드에서 쏟아져 나온 환한 빛이 쿠로탄의 몸을 마치 채찍처럼 후려치곤 했다.

치유의 빛이 적에게는 공격 마법과 같이 작용하는데, 거기에 리닌의 체내에 쌓인 옥녀봉황지기로 인해 그 위력이 몇 배나 증폭되었다.

그로 인해 사실상 리닌의 공격이 헤나나 칼둔, 시엘이 날린 공격보다 훨씬 강력한 피해를 주었다. 물론 그 사실을 리닌은 아직 느끼지 못했다.

그러나 그것에 얻어맞은 쿠로탄은 누구보다 그것을 잘 알았다. 그러다 보니 그는 다른 어떤 공격보다 리닌의 공격이 거슬렸다.

따라서 본래라면 대뜸 방향을 돌려 리닌에게 공격을 날렸을 것이다. 그런데도 그는 오직 흑룡만을 공격하고 있었다.

그것은 그의 머릿속에서 흑룡을 향한 분노심이 극에 달

해 있기 때문이었다. 왜 그런지 그 스스로도 이해가 가지 않았다.

"크으으으! 이 쥐새끼 같은 놈! 절대 용서하지 못한다!"

흑룡은 아무런 공격도 펼치지 않고 그저 피하고만 있을 뿐인데, 이상하게 그가 그토록 증오스러울 수가 없었다.

쿠로탄이 어찌 알 수 있겠는가. 그것은 바로 흑룡이 도발이라는 특수 능력을 펼쳤기 때문임을!

그렇다. 흑룡은 도발을 통해 쿠로탄의 적개심을 증폭시켜 오직 흑룡 자신만을 공격하게 만들었다. 따라서 그 사이 헤나 등은 마음 놓고 자신들이 가진 최강의 공격을 퍼부을 수 있었다.

'이 정도면 쓰러질 때가 됐는데, 대단한 녀석이군.'

사실 흑룡은 헤나 등이 쿠로탄을 쓰러뜨릴 기회를 주기 위해 일부러 공격을 하지 않았다. 이대로 쿠로탄이 쓰러지면 헤나 등의 수준은 대폭 상승할 수 있을 테니까.

그런데 쿠로탄은 쉽게 쓰러지지 않았다. 상식적으로는 이해하기 힘들 만큼의 놀라운 생명력이었다. 아마도 그것은 쿠로탄이 가진 강한 생명력이라는 특수 능력 때문인 듯했다.

츠츠츠―

그러던 일순 쿠로탄의 기세가 다시 변하기 시작했다. 그는 무릎을 꿇고 뭐라고 알 수 없는 주문을 외웠다. 또다시 분격을 펼치려는 것이 분명했다.

'거기까지다. 이제 그만 죽어라.'

스컥!

흑룡의 검이 빛을 뿌리는 순간 쿠로탄의 목이 그대로 몸체에서 분리되어 바닥을 굴렀다.

쿵!

쿠로탄의 거대한 몸체가 몸부림치다 바닥으로 처박혔다. 그러다 이내 그것은 시커먼 연기가 되어 흩어졌다.

반짝!

그 사이로 환하게 빛나는 것은 푸른 보석이 박혀 있는 은빛의 완드였다. 딱 봐도 범상치 않은 마법 무기라는 것을 알 수 있었다.

흑룡은 그것을 리닌에게 건넸다.

"후후, 이건 완드이니 리닌의 것이다. 치유력과 공격력이 삼 할 정도 늘어나는 위력이 깃들어 있으니 잘 사용하거라."

"와아! 멋져요."

리닌은 뛸 듯이 기뻐하며 완드를 받았다. 모두들 자기 일처럼 기뻐하며 환호했다.

"호호! 축하해, 리닌."

"우아아! 좋겠다. 마법 완드라니 부럽다. 헤헷."

"축하합니다, 리닌님."

"모두 정말 고마워요. 그런데 제가 이걸 받아도 될까요?"

흑룡은 고개를 끄덕였다.

"부담 갖지 말고 받거라. 리닌 너도 쿠로탄을 쓰러뜨리는 데 기여를 했으니 당연히 받을 자격이 있다."

"고맙습니다, 흑룡 아저씨."

환하게 미소 짓는 리닌의 눈빛은 아까에 비할 수 없이 강렬했다. 그것은 리닌의 수준이 대폭 상승하며 옥녀봉황지기가 증가했기 때문이었다.

쿠로탄이 쓰러진 직후 리닌의 수준은 단번에 몇 단계나 상승해 무려 23이나 되었던 것이다.

시엘 등도 마찬가지였다. 시엘은 23, 칼둔은 24, 헤나는 25로 올랐다. 그리고 25에서 멈춰 있던 흑룡의 수준은 무려 5단계나 상승해 30이 되었다.

흑룡은 수준이 오른 것에 기쁘면서도 한편으로 입맛이 썼다.

'그 녀석들이 쓸데없는 짓만 하지 않았어도 이번에 수준이 꽤 올랐을 텐데 말이야.'

본래 수준이 23이었던 두 진룡들이 이 자리에 남아 있었다면 못해도 26이나 27 정도가 되었을 것이고, 거구즈와 거트도 24나 25 정도로 올랐을 것이다.

그러나 아쉽게도 그들에게는 그럴 기회가 사라져 버렸다. 하지만 그들 스스로 자초한 불행이었으니 어쩌겠는가. 거구즈와 거트만 안타깝게 되었을 뿐이다.

흑룡은 주위를 돌아보며 외쳤다.

"결계가 사라지기 전에 어서 돈들을 주워라."

"예, 마스터."

사방은 워 울프들이 사라지며 흘린 디쿠와 가디들이 반짝이고 있어 마치 무슨 보석 밭에라도 들어온 듯했다. 시엘이 환호했다.

"헤헷! 난 이때가 제일 좋다니까."

"나도요."

시엘은 빠른 속도로 돈을 주웠고, 리닌도 작은 날개를 펄럭이며 부지런히 돈을 주워 마법 가방에 담았다. 헤나와 칼둔도 뒤질세라 돈을 주웠다. 물론 흑룡 또한 바람 같은 속도로 돈을 주워 담았다.

스스스—

그렇게 그들이 바닥에 떨어진 모든 돈을 주워 담는 순간 마치 기다렸다는 듯 주변의 공간이 일그러지더니 정경이 초원으로 바뀌었다.

"저기 이정표가 있군요."

헤나가 한쪽을 가리켰다. 초원을 가로질러 나 있는 길가에 두 개의 이정표가 보였다.

[리스벨리오 성]

—길을 따라 8코빗 거리에 있음

—성으로 가는 길에 크로으 오크들이 출몰할 수 있으니 조심할 것!

[레티티아 마을]

—길을 따라 2코빗 거리에 있음

두 개의 이정표는 각기 반대편을 가리켰다. 한쪽은 흑룡 등이 머물고 있던 레티티아 마을이었고, 다른 쪽은 용자 루나이스가 있다는 리스벨리오 성이었다.

본래라면 여기서 굳이 레티티아 마을로 돌아갈 것 없이

리스벨리오 성 쪽으로 가면 될 것이다.

그러나 두 진룡들과 거구즈, 거트 등을 이대로 남겨 두고 갈 수는 없는 일.

"일단 레티티아 마을로 간다."

"예, 마스터."

흑룡은 헤나 등과 함께 마을로 귀환했다.

마을로 돌아가는 길에는 특별히 몬스터가 출몰하지 않았다. 예전이라면 검은 거미들이나 타로크들이 나타났겠지만 일행의 수준이 대폭 상승한 상태라 몬스터들이 자취를 감춰 버린 것이다.

마을에 도착하자 촌장 더크가 북문 앞까지 마중 나와 정중히 허리를 숙이며 말했다.

"오! 놀랍군요. 용맹한 여행자들이여! 당신들은 이제 용자의 성으로 갈 만한 자격이 충분히 증명되었습니다. 덕분에 레티티아 마을에서 리스벨리오 성으로의 길이 다시 열렸으니 마을을 대표하여 진심으로 감사드립니다."

촌장의 태도와 말투가 달라졌다. 이전에는 말 그대로 마을을 방문한 여행자들을 대하는 태도였다면, 지금은 마치 무슨 영웅이라도 대하는 듯 지극히 공손하고 정중했다.

흑룡은 미소 지었다.

"우리로선 마땅히 해야 할 일을 했을 뿐이오. 그보다 귀환의 탑으로 소환된 녀석들이 있는데 어찌 되었소?"

그러자 촌장이 안색을 살짝 굳히며 말했다.

"그렇지 않아도 그에 대해 말씀드리려 했습니다. 그들은 지금 잠들어 있는 상태이고, 깨어나려면 적어도 한 달 정도는 있어야 할 것입니다."

"한 달이라. 좀 더 빨리 깨어나게 할 수는 없소?"

"물론 가능은 합니다만 그만큼 미스토스의 힘이 소모되는 터라 비용이 꽤 듭니다."

"비용이라면 얼마든지 낼 용의가 있소."

돈으로 해결된다고 하니 차라리 잘됐다. 흑룡은 그동안 몬스터들을 해치우며 얻은 돈을 차곡차곡 쌓아 놓았기 때문이다.

촌장이 말했다.

"한 명 당 100베카를 지불하면 당장 깨어나게 할 수 있습니다."

100베카라니. 그것도 한 명 당 들어가는 비용이 그 정도라면 도합 400베카라는 말이 아닌가.

흑룡을 비롯해 일행의 돈을 모두 합쳐도 100베카 남짓이

나 겨우 될 뿐이었다.

'별 수 없이 한 달을 기다려야 할지도 모르겠군.'

아니면 그들은 그냥 두고 일단 리스벨리오 성으로 가는 방법도 있었다.

흑룡이 잠시 고심에 빠져 있자 촌장이 조심스레 말했다.

"돈이 부족하다면 다른 방법이 있긴 합니다만."

"그게 무엇이오?"

"만일 오래도록 레티티아 마을을 괴롭혀 온 마물 지네 가르다크를 처치해 주신다면 제가 대신 400베카를 지불하도록 하겠습니다."

그 말에 흑룡의 표정이 환해졌다. 그런 방법이라면 그로서는 대환영이었으니까.

"마물 지네 가르다크라! 놈은 어디 있소?"

"마을의 지하에 위치한 던전 안에 있습니다. 고대 마법사들이 입구를 봉인해 두었지만 최근에 봉인의 힘이 약해졌지요."

더크는 우려가 가득한 표정으로 말을 이었다.

"이대로라면 머지않아 놈이 뛰쳐나와 마을을 쑥대밭으로 만들어 버릴지도 모릅니다. 이번에 리스벨리오 성과의 길이 열렸으니 그곳에 도움을 요청할까 생각중이지만, 워 울프 쿠로탄을 해치운 당신들의 능력이라면 굳이 리스벨리오 성의 도움 없이도 가능할 듯합니다."

"혹시 놈의 수준을 알고 있소?"

"가르다크는 32, 놈의 부하들은 25정도입니다."

흑룡은 슥 고개를 돌려 헤나 등을 쳐다봤다.

"너희들의 뜻은 어떠냐?"

"마스터의 뜻이라면 따르겠어요."

"마스터께서 함께 가신다면 두렵지 않아요."

"좋아. 그럼 오늘은 푹 쉬고 내일 아침 놈을 해치우러 가겠다."

사실 흑룡이 혼자 가는 것이 훨씬 수월할 것이다. 수준이 30까지 상승하며 늘어난 무극지기로 인해 이제 제법 강력한 검법을 펼칠 수 있기 때문이었다.

무극무영신 상태에서 절세검초들이 쏟아져 나가면 마물지네 따위가 어찌 흑룡을 당할 수 있겠는가.

그러나 헤나 등과 함께 간다면 흑룡은 그들을 보호해야 하기에 전력을 발휘하기가 쉽지 않을 것이다.

그럼에도 불구하고 굳이 번거로움을 자초하는 이유는 헤나 등의 수준을 높여 주기 위함이었다.

이튿날 아침 일찍 흑룡은 촌장을 찾아갔다.

"이제 우리를 그 마물 지네가 있는 던전으로 안내해 주시오."

"모든 준비를 마치셨는지요? 던전의 입구가 봉인되어 있어 일단 안으로 들어가면 가르다크를 해치우지 않는 한 되돌아 나올 수 없습니다."

다시 한 번 신중하게 생각해 보라는 말이었다. 흑룡은 씩 웃었다.

"준비를 마쳤으니 염려 말고 던전 앞으로 보내 주시오."

"예. 저를 따라오십시오."

촌장이 데려간 곳은 마을 회관 지하 2층에 위치한 마법진이었다.

"가르다크는 매우 강력한 마물이니 부디 조심하십시오."

흑룡 등은 곧바로 마법진의 빛에 휩싸였다.

화아아악!

잠시 후 시야를 가렸던 빛 무리가 흩어지자 드러난 것은 시커먼 동굴의 입구.

"저곳이군."

"저 안에 마물 지네가 있는 게 분명해요."

헤나 등은 잔뜩 긴장한 표정이었다. 마치 무저갱처럼 섬뜩한 암흑으로 가득 차 있는 동굴은 보기만 해도 소름이 끼쳤다.

그러나 암흑은 이내 사라졌다.

흑룡이 뭐라 주문을 외우는 순간 그의 손에서 무수한 빛무리들이 쏟아져 나와 동굴 안을 환하게 밝혀 버렸던 것이다.

"오!"

"와아!"

헤나 등이 탄성을 질렀다. 흑룡은 동굴 안으로 성큼 들어서며 말했다.

"적들이 나타나도 당황하지 마라. 워 울프들을 상대할 때처럼 침착하게 싸우면 된다."

"예, 마스터."

헤나 등은 바싹 얼어 있었다. 아무리 조명 마법에 의해 동굴 안이 밝아졌다 해도 사악한 마물 지네가 웅크리고 있는 곳으로 선뜻 들어가기란 쉽지 않은 일이었다.

Chapter 8

리닌의 소원

헤나 등의 안색이 굳어 있자 흑룡이 힐끗 그들을 돌아보며 말했다.

"떨 것 없다. 너희들이 상대하기 힘들 만할 만한 녀석들은 내가 모조리 해치워 버릴 테니까."

"예, 마스터."

흑룡의 말은 곧 헤나 등이 충분히 이길 수 있는 몬스터들만 뒤로 보내 주겠다는 뜻이었다. 그는 그것을 통해 헤나 등의 수준이 상승할 수 있도록 배려해 주려는 것이다.

그때였다.

동굴 안쪽이 지진이라도 난 듯 흔들리더니 시커먼 형체

를 가진 마물들이 우르르 몰려왔다.

"키이이잇!"

"끄끅끅끅끅……!"

곤충들! 이른바 벌레들이라 불리는 그것들은 대부분 인간들에게 혐오감을 유발하고 심지어 공포심까지 일으킨다.

그런데 그것들의 크기가 가히 수백 배 이상으로 커지게 되면 어떻게 될까?

지금이 바로 그 상황이었다.

이미 거대 거미를 통해 그것이 얼마나 끔찍한 느낌을 주는지 충분히 실감한 일행이었지만, 지금 동굴 속에 득실대고 있는 온갖 흉악한 형상의 거대 곤충 마물들을 보자 그야말로 악몽 속에 있는 기분이었다.

"아앗! 징그러워!"

"으으……! 무슨 지네가 저렇게 크지?"

담력 좋은 헤나도 질색을 하며 뒷걸음질 쳤다. 시엘과 리닌도 마찬가지였다. 다만 언데드 출신 칼둔은 거대 벌레들을 보면서도 별다른 두려움이 없는 듯 담담한 기색이었다.

그리고 흑룡에게는 당연히 그것들이 그 어떤 두려움도 줄 수 없었다. 마왕이었던 시절에는 간혹 간식 삼아 집어먹었던 녀석들도 보였기에 오히려 감회 어린 표정을 지을 정도였다.

'저 녀석들은 그냥 산 채로 씹어 먹어야 제 맛인데 말이야.'

흑룡의 두 눈에서 시퍼런 빛이 번쩍이는 순간 마물 벌레들이 움찔하더니 섣불리 덤벼들지 못했다.

흑룡이 부지중 포식자의 기세를 발산했기 때문에 마물들이 본능적으로 공포를 느낀 것이었다.

'아서라. 나는 지금 인간일 뿐이다.'

흑룡은 하나쯤 잡아먹어 볼까 하다가 참았다. 인간이면 인간답게 살아야지 마왕처럼 살 수는 없는 일이니까.

그는 성큼 앞으로 걸어가 검을 휘둘렀다.

파파파파—

검영들이 마치 폭풍이 몰아치는 듯 쏟아져 나갔고 그것이 끝이었다. 마물들은 비명조차 지르지 못하고 흑색의 연기가 되어 흩어져 버렸다.

"돈 챙겨라."

"예, 마스터."

징그러운 마물들이 사라진 자리에서 반짝이는 디쿠와 가디들을 헤나 등은 신나게 주워 각자의 마법 가방에 담았다.

그 후로도 마물들의 습격은 이어졌다. 그중 반은 흑룡이

해치워 버렸지만 나머지는 헤나 등이 전력을 다해 상대해
야 했다.

그런 식으로 마물 지네 가르다크가 있는 동굴 심처에 도
착했을 때 모두의 수준은 한 단계씩 상승한 상태였다.

"쿠쿠쿡! 인간과 요정들인가? 이곳까지 들어와 나의 배
를 채워 주겠다니 실로 기특하구나."

가르다크의 머리에는 뾰족한 눈썹달 형상의 눈이 여섯
개나 존재했는데, 그것들이 일제히 누런빛을 발하며 흑룡
등을 쏘아봤다.

가르다크
종족 마물 지네
수준 32
특수 능력 — 강한 생명력, 공포, 혼란, 어둠의 흡입

가르다크가 가진 특수 능력 중에 특이한 것은 어둠의 흡
입이었다.

어둠의 흡입
—어둠의 힘으로 적을 기습하여 생명력을 모조리 빼앗아

간다. 일행 중 가장 약한 이들부터 노리므로 주의해야 한다.

공략

─가르다크가 어둠의 흡입을 펼치기 전에 제거하는 것이 아군의 희생을 최소화할 수 있다. 가르다크에게는 힘의 근원이 두 군데 존재하는데, 각각 머리와 심장 부근에 위치해 있다.

'흠!'

어둠의 흡입에 대한 설명과 그에 대한 공략을 살펴본 흑룡은 살짝 미간을 찌푸렸다.

본래라면 워 울프 쿠로탄을 해치울 때처럼 헤나 등에게도 공격할 기회를 줄 생각이었지만, 가르다크는 그렇게 상대하기에는 매우 위험한 녀석이었다.

혹시라도 리닌이나 시엘 등이 어둠의 흡입에 생명력을 모조리 빼앗겨 강제 소환을 당하기라도 한다면 골치 아파지기 때문이다.

'저런 꺼림칙한 능력을 가진 녀석은 최대한 빨리 해치워 버리는 게 좋겠지.'

결국 흑룡은 바람처럼 가르다크를 향해 달려가 검을 휘

둘렀다.

번쩍! 콰콰콰콰—

무수히 쏟아져 나오는 검영들의 공세에 가르다크는 입을 쩍 벌렸다. 사방 천지에서 검영들이 쏟아져 내리니 피할 엄두도 내지 못했던 것이다.

팍파팍! 스컥! 스커컥—

가르다크는 뭔가 반격을 해야겠다는 생각을 했지만 그것은 그저 그의 생각일 뿐. 어느새 그의 머리와 심장에 존재하던 힘의 근원은 무참히 파괴되어 버렸다.

"꾸어어어억!"

가르다크는 처참한 비명과 함께 축 늘어졌고 이내 그것은 검은 연기가 되어 흩어져 버렸다.

그 순간 흑룡의 수준은 무려 4단계나 상승해 35가 되었다. 동시에 헤나 등의 수준도 각각 1단계씩 상승했다.

특별히 가르다크를 해치우는 데 기여를 하지는 않았지만 근처에 있었던 것만으로도 영향을 받는 듯했다.

그로써 헤나가 27, 칼둔이 26, 시엘과 리닌은 25가 되었다.

한편 가드다크가 연기로 변해 사라진 사이로 보석처럼 찬란하게 빛나는 무기가 있었으니!

다름 아닌 백색 검신의 대검이었다.

스윽.

흑룡은 그것을 주워 살펴봤다.

"흠, 이 검엔 웬만한 마법 공격을 쳐내 버릴 수 있는 대마법 주문이 부여되어 있군. 마물들과 싸울 때 제법 유용할 것이다."

그는 당연하다는 듯 그 대검을 헤나에게 건넸다.

"아!"

헤나는 흑룡이 너무도 쉽게 마물 지네를 해치워 버린 것에 놀랐는데, 마법 대검까지 얻게 되자 그야말로 꿈을 꾸는 기분이었다.

"우와! 마법 공격을 쳐내는 무기라니!"

"정말 예쁘게 생긴 검이야!"

"우하핫! 축하합니다, 헤나님."

"호호! 고마워."

시엘과 리닌, 칼둔이 환호했다. 헤나는 활짝 웃었다. 흑룡은 담담히 말했다.

"돈들 챙겨라."

"예, 마스터."

바닥에는 가르다크가 사라지며 흘린 돈이 수북이 쌓여

있었기에 헤나 등은 신나게 돈을 주워 가방에 담았다.

화아아악―

잠시 후 찬란한 빛이 모두의 몸을 감쌌고, 그 빛이 사라졌을 때 그들은 예의 지하 2층 마법진 위에 서 있었다.

촌장 더크가 만면에 미소를 지으며 외쳤다.

"오오! 정말 놀랍습니다. 당신들이라면 가능할 것이라 생각은 했지만 이토록 쉽게 가르다크를 해치울 줄은 예상 못했습니다."

흑룡은 씩 웃었다.

"그리 어렵지 않은 상대라 다행이었소. 어쨌든 이제 귀환의 탑에 잠들어 있는 녀석들은 깨어날 수 있겠소?"

"물론입니다. 지금쯤 그들은 귀환의 탑에서 깨어나 밖으로 나오고 있을 것입니다."

"고맙소."

"허허! 그 말은 제가 드릴 말씀입니다. 용맹한 여행자들 덕분에 레티티아 마을의 근심이 사라졌으니 저야말로 진심으로 감사드립니다. 이것은 저의 성의이니 받아주십시오."

더크는 고마움의 표시로 100베카를 흑룡에게 건넸다. 흑룡은 흔쾌히 그것을 받아 들고는 계단을 올라 마을 회관을 빠져나갔다.

곧바로 귀환의 탑으로 향하니 앞에서 낯익은 이들이 보였다. 두 진룡들과 두 인간들이었다. 그들은 흑룡을 발견하고는 후다닥 달려왔다.

루켈다스와 프루아가 머리를 긁적이며 웃었다.

"헤헷! 마스터! 그간 별일 없으셨나요? 어쨌든 놈을 해치운 것 같으니 다행입니다."

"호호! 쿠라탄 놈이 그렇게 강할 줄은 몰랐지 뭐예요? 마스터의 말을 듣지 않은 걸 후회하고 있어요."

그러나 흑룡은 말없이 그들을 노려보기만 했다. 흑룡의 안색이 심상치 않자 루켈다스 등은 움찔하며 그의 눈치만 봤다.

잠시 후 흑룡이 입을 열었다.

"나는 지금 너희들을 어떻게 처리할지 고민 중이다."

그의 음성은 무뚝뚝했다.

"너희는 무단으로 대열을 이탈했을 뿐 아니라 돌아오라는 나의 명령마저도 무시했다. 그로 인해 너희들 휘하의 조원들을 강제 소환에 이르게 했으며, 너희들 또한 같은 지경에 처하게 되었다."

심상치 않은 흑룡의 태도에 루켈다스 등은 어색한 미소를 지으며 말했다.

"헤헷······ 마스터! 이번 한 번만 용서해 주십시오."

"호호! 정말 잘못했다니까요. 앞으로 두 번 다시 그러지 않을 테니 한 번만 봐주세요."

그러나 흑룡은 표정을 풀지 않았다.

"크리오스 왕국에 들어왔을 때 너희는 감히 내게 반역을 일으켰다. 그럼에도 불구하고 한 번의 기회를 주었는데, 결국 너희는 나를 실망시켰지."

흑룡의 두 눈이 섬뜩하게 빛났다.

"나의 방침은 명령 불복종하는 부하의 경우 즉결 처형감이다. 배신이나 반역 또한 마찬가지다. 이에 대해 할 말이 있느냐?"

"······!"

"······!"

즉결 처형이라는 말에 루켈다스와 프루아의 안색이 사색으로 변했다. 그들은 흑룡이 결코 빈말을 하지 않으며 그가 작정하면 자신들을 얼마든지 죽일 수 있다는 사실을 알고 있었다.

비록 귀환의 각인이 된 상태라지만 흑룡은 수단과 방법을 가리지 않고 어떤 식으로든 자신들을 죽이고 말 것이다.

"크흐흑! 제발 용서를!"

"흐윽! 마지막으로 한 번만 기회를 주세요."

사태의 심각성을 깨달은 루켈다스와 프루아는 엎드려 사정했다. 그러자 뒤에서 어색한 표정으로 그 상황을 지켜보고 있던 거구즈와 거트도 함께 엎드려 빌기 시작했다.

"마…… 마스터! 부디 조장님께 한 번 더 기회를 주시면 안 되겠습니까?"

"크흑! 부디 자비를 베풀어 주십시오, 마스터!"

그 사이 각각의 조장들에게 정이 들기라도 했는지, 그들은 자신들을 강제 소환에 이르게 한 조장들을 위해 눈물까지 흘리며 사정했다.

심지어 헤나와 시엘까지 나서서 흑룡을 만류했다.

"마스터! 저들에게 마지막으로 한 번 더 기회를 주세요."

"마스터! 저도 부탁드립니다. 저들이 반성을 하는 것 같으니 용서해 주세요."

"흠."

흑룡은 잠시 고민하는 모습을 보이다가 어쩔 수 없다는 듯 고개를 끄덕였다.

"본래라면 죽여 마땅하지만 너희를 살려 달라는 간청들이 적지 않으니 일단 죽이지는 않겠다."

그 말에 루켈다스와 프루아는 정말로 죽다 살아난 듯한

표정을 지었다.

"크흑! 마스터, 감사합니다."

"앞으로 두 번 다시 실망시키지 않겠어요."

그들은 자신들을 위해 간청해 준 거구즈와 거트, 헤나, 시엘 등을 쳐다보며 진심으로 고맙다는 표정을 짓기도 했다. 그들의 간청이 아니었다면 저 무지막지한 마스터 흑룡은 분명 자신들을 죽이고 말았을 것이다.

그런데 아직 안심할 것은 아니었다.

여전히 흑룡의 표정은 냉랭하기 그지없었다. 그의 입에서 다시 무뚝뚝한 음성이 흘러나왔다.

"비록 처형은 하지 않겠지만 그렇다고 내가 너희들을 용서한 것은 아니다. 이제 너희들은 매일 내게 한나절씩 한 달 동안 흑룡구타술을 당하게 될 것이다."

"허억!"

"아앗!"

루켈다스와 프루아는 입을 쩍 벌렸다.

흑룡구타술이 무엇인지 그들이 어찌 모르겠는가.

세상에서 가장 끔찍한 고통! 그것을 매일 한나절씩 한 달 동안 당해야 한다니!

그럴 바엔 차라리 죽는 것이 나을지도 모른다.

흑룡이 차갑게 웃었다.

"이게 싫다면 그냥 죽든가. 둘 중의 하나를 선택해라."

"크흑! 흐…… 흑룡구타술을 당하겠습니다."

"흑! 저도요."

차라리 죽는 게 나을 정도의 고통을 받겠지만, 그래도 어찌 됐든 죽는 것보다는 나은 것이다. 그 악몽의 시간만 어떻게 버티면 다시 정상적인 삶을 살 수 있을 테니까.

그러나 그들은 그 끔찍한 한 달의 시간을 어떻게 버틸지 생각만 해도 정신이 아득했다.

마치 병든 닭처럼 고개를 축 늘어뜨린 채 하염없이 눈물을 흘리고 있는 그들의 모습은 과연 진룡이 맞나 싶을 정도였다.

누가 봐도 불쌍해 보이는 모습이었지만 흑룡의 눈빛에는 그 어떤 동정심도 보이지 않았다. 그는 이내 삭막한 표정으로 말했다.

"그럼 이제 슬슬 시작해 보도록 하자."

뭘 슬슬 시작한다는 것일까? 당연히 흑룡구타술이었다. 이제 루켈다스 등은 한나절 동안 흑룡에게 매타작을 당하게 될 것이다.

한나절 후에는 잠시의 휴식이 주어지겠지만, 내일이 밝

으면 다시 또 한나절 동안 흑룡구타술이 펼쳐지게 된다. 그런 식으로 무려 한 달인 것이다.

그리고 항상 그렇듯 흑룡은 자신이 한 말을 반드시 지킬 것이라서 한 달 중 단 하루의 감경도 없을 것이 틀림없었다.

'그, 그냥 차라리 죽는 게 낫지 않겠냐?'

'흑! 다시 생각해 보니 그렇긴 해. 한나절도 끔찍한데 한 달을 어떻게 버려?'

'크흑! 그냥 죽는다고 말하자.'

'흑! 그게 낫겠어.'

루켈다스와 프루아는 절망이 가득한 표정으로 서로를 쳐다봤다. 그러다 그들은 왠지 허탈해하는 표정을 지었다. 기나긴 용생을 이렇게 허망하게 마감해야 하는 데서 오는 허탈함이었다.

그래도 진룡이 되는 운명을 얻었는데 어떻게든 버텨 볼까 싶었지만, 아무리 그래도 한 달은 아니었다. 한나절도 끔찍한데, 한 달이라니.

그렇게 두 진룡은 서로 합의 끝에 차라리 죽기로 결정했고, 그에 대해 흑룡에게 말했다.

"마스터! 즉결 처형을 원합니다."

"저도요."

그 말에 흑룡은 미간을 살짝 찌푸리며 물었다.

"진심이냐?"

"예."

"네, 부탁이니 고통 없이 죽여주세요."

두 진룡은 고개를 푹 숙인 채 대답했다. 흑룡의 두 눈이 섬뜩하게 빛났다.

"좋아. 잘 생각했다. 나 역시 한 달씩이나 그 짓을 한다는 건 보통 번거로운 일이 아니거든."

흑룡은 오히려 잘됐다는 듯 두 눈에서 살기를 내뿜었다. 그는 두 진룡을 정말로 죽일 생각인 듯했다.

헤나를 비롯해 모두가 만류하며 간청했지만 흑룡은 싸늘히 대꾸할 뿐이었다.

"고통 대신 죽음을 선택하겠다는 건 이들의 선택이다. 더 이상의 만류는 용서치 않겠다."

흑룡의 서슬 퍼런 기세에 모두 놀라 뒤로 물러났다.

저벅저벅.

곧바로 그는 두 주먹을 말아 쥐고 루켈다스 앞으로 성큼 다가갔다. 먼저 루켈다스부터 처치한 후 프루아를 처치할 생각인 것이다.

루켈다스는 눈을 감았다. 이제 정말로 끝인가 싶어서였다.

그런데 그때였다.

리닌이 돌연 흑룡의 앞으로 다가와 말했다.

"마스터! 부탁이 있어요."

"부탁이라. 그래, 어떤 부탁인지 말해 보겠느냐?"

흑룡은 시큰둥한 표정으로 물었다. 그의 표정에는 루켈다스 등을 살려 달라는 부탁 따위는 들어주지 않겠다는 듯 단호한 의지가 서려 있었다.

그러자 리닌은 두 눈을 빛내며 말했다.

"엄밀히 말하면 부탁이 아니라 소원이에요."

"소원?"

흑룡이 뜻밖이라는 듯 두 눈을 크게 떴다. 리닌이 미소 지었다.

"예전에 샤크 아저씨는 제게 소원을 하나 들어주신다고 하셨거든요. 마스터는 샤크 아저씨를 형님으로 불렀으니 제 소원을 들어주시면 안 되나요?"

흑룡은 당연히 그 사실을 잘 알고 있었으나 짐짓 시치미를 떼고 되물었다.

"정말 형님이 그런 약속을 하셨다는 말이냐?"

"네. 샤크 아저씨가 이곳에 있었다면 나의 소원을 반드시 들어주셨을 거예요."

리닌의 두 눈이 반짝였다. 그러자 흑룡은 흔쾌히 고개를 끄덕였다.

"흠, 형님이 그런 약속을 하셨다니! 좋아. 형님의 약속은 곧 나의 약속이기도 하지. 너의 소원을 말해 보아라, 리닌."

그 말에 리닌은 활짝 웃으며 말했다.

"제 소원은 마스터께서 저분들을 무조건 용서해 주시는 거예요."

리닌의 손은 루켈다스와 프루아를 가리키고 있었다. 그러자 흑룡은 고심하는 기색이 역력했다.

그러나 리닌은 상상도 못하고 있을 것이다. 흑룡이 속으로 회심의 미소를 짓고 있다는 사실을.

당연히 흑룡은 이와 같이 나올 것을 예측하고 짐짓 진룡들을 과하게 몰아붙였던 것이었다.

사실 진룡들이 크게 잘못을 하긴 했지만 그렇다고 흑룡은 그들을 죽일 생각은 당연히 없었으며, 흑룡구타술을 한 달씩이나 펼칠 생각은 더더욱 없었다.

그것은 진룡들에게도 고통스러운 일이겠지만 흑룡에게

도 마찬가지로 힘이 드는 일이기 때문이다.

어디까지나 지금과 같은 상황을 만들기 위함이었다.

'후후, 저 녀석들이 리닌에게 진심 어린 충성을 바치게 하는 건 이 방법 외에는 없지.'

이 기회에 두 진룡들이 정신을 번쩍 차릴 뿐만 아니라 리닌을 생명의 은인으로 여기게 만드는 것!

조만간 용자가 되는 시험이 주어질 때 리닌은 용자의 자격을 받고 진룡들은 용자의 가디언으로서의 자격을 받게 될 것이다.

그것은 상식적으로 설명할 수 없는 그의 직감에 의한 결론이었다. 얼마 전까지는 리닌이 용자가 될지 확신하기 힘들었지만 최근 그는 수준이 상승하는 모습들을 보며 강한 직감에 확신을 가졌다.

따라서 흑룡은 장차 용자의 가디언이 될 두 진룡들이 용자인 리닌에게 진심 어린 충성을 바쳐 그녀를 보좌해 주기를 바라고 있었던 것이다.

아무리 용자라도 가디언들의 선택을 강요할 수는 없으니까.

즉, 진룡들이 리닌이 아닌 다른 용자를 선택해 떠난다 해도 말릴 방법이 없는 것이다.

그러나 결국 모든 것은 흑룡의 뜻대로 되었다.

굳이 말로 시키지 않아도 알아서 척척!

그 특유의 용하술이 어디 가겠는가.

한편 흑룡이 속으로 회심의 미소를 짓고 있다는 사실은 꿈에도 모른 채 리닌을 비롯한 모두는, 심지어 멀리서 지켜보고 있던 촌장 더크를 비롯한 마을 사람들마저도 초조한 표정으로 흑룡의 대답을 기다리고 있었다.

그때 흑룡이 상당히 곤혹스럽다는 표정으로 리닌에게 물었다.

"리닌! 다시 한 번 잘 생각해 보아라. 샤크 형님께 소원을 빌 수 있는 기회란 네가 상상하는 것보다 훨씬 대단한 가치를 가지고 있다. 정말로 그 엄청난 기회를 저 진룡 녀석들을 살려 주는 데 쓸 생각이냐?"

"네."

리닌은 이미 흑룡이 소원을 들어줄 것이라 확신하고 있는 듯 표정이 밝았다.

흑룡은 미소 지었다.

"좋아. 네 뜻이 정 그렇다면 그 소원을 들어주겠다. 루켈다스! 프루아! 너희의 모든 죄를 사면한다."

"와아!"

"다행이다!"

"정말 다행이에요!"

"허허! 보기 좋습니다."

환호성은 가장 먼저 마을 사람들로부터 터져 나왔다. 촌장 더크도 박수를 치며 좋아했다.

루켈다스와 프루아는 이게 꿈인가 싶은 듯 멍한 표정이었고 거구즈와 거트는 눈물까지 흘리며 기뻐했다.

곧바로 리닌은 나비처럼 날아가 루켈다스와 프루아를 향해 말했다.

"루켈다스 님! 프루아 님! 마스터께서 무조건 사면해 주신다고 하셨어요. 이제 일어나셔도 돼요."

그러자 루켈다스와 프루아가 무척 감동한 표정으로 고개를 끄덕였다.

"오늘의 은혜를 영원히 잊지 않으마, 리닌."

"날 위해 너의 소중한 소원을 썼으니 앞으로 나는 네가 원하는 어떤 소원이든 모두 들어주겠어."

두 진룡들이 리닌에게 진심 어린 다짐을 하는 순간이었다.

Chapter 9

자격의 시험

루켈다스 등이 다시 일행에 합류하자 흑룡은 지체 없이 레티티아 마을을 떠나 리스벨리오 성으로 향했다.

　리스벨리오 성까지는 대략 10코빗(km) 거리.

　가는 도중 오크들이 습격을 해 왔지만 일행은 손쉽게 그것들을 해치웠다. 모두들 이미 레티티아 마을에서 충분히 수준들을 올려 둔 터라 오크들의 공격은 가소로울 뿐이었다.

　"저기 성이 보여요!"

　"드디어 도착했군요."

　간혹 나타나는 오크들을 가볍게 해치우며 전진하자 붉은

안개 지대가 나타났는데, 그곳을 지나자 드디어 웅장한 성이 모습을 드러냈다.

"오! 여행자들이시군요."

"어느 마을에서 오셨습니까?"

성문 앞으로 가자 경비병들이 물었다. 흑룡은 가방에서 서신을 꺼내 내밀며 말했다.

"레티티아 마을이오. 이것을 총사에게 전해 주시오."

그것은 흑룡이 마을을 떠나기 전 촌장 더크가 준 것으로, 이 서신을 리스벨리오 성의 총사에게 전해 달라 말했던 것이다.

"오! 레티티아 마을 촌장의 서신이군요. 잠시만 기다려 주십시오. 총사께 전해 드리지요."

경비병 중 하나가 서신을 들고 성안으로 사라졌다가 다시 나타나 말했다.

"총사께서 귀빈들을 어서 자격의 방 앞으로 모시라 하셨습니다. 들어오시지요."

"고맙소."

더크가 뭐라고 썼는지 모르지만 병사들의 태도가 더욱 정중하게 변했다.

흑룡 등은 병사들의 안내를 받아 성문 안쪽에 있는 붉은 벽돌 건물 안으로 들어갔다.

"자격의 방은 이쪽에 있습니다. 모두 들어오세요."

건물 1층 중앙에 있는 커다란 방.

그곳에는 금발에 뿔테 안경을 쓴 웬 청년이 일단의 무리들과 함께 서 있었는데, 흑룡 일행이 들어가자 그는 환한 미소를 지으며 반겼다.

"어서 오십시오! 용맹한 여행자들이여! 리스벨리오 성에 온 것을 환영합니다. 저는 이 성의 성주이시며 자격의 용자이신 루나이스 님을 보좌하고 있는 총사 델입니다."

"흑룡이오. 총사를 뵙게 되어 영광이오."

"헤나예요."

"루켈다스요."

"프루아라고 해요."

흑룡 일행은 총사 델을 향해 각자 자신을 소개했다. 델은 미소 지었다.

"레티티아 마을의 촌장이 보낸 서신에는 당신들이 지금 껏 그 마을을 방문했던 그 어떤 여행자들보다 용맹한 자들이라며 극찬하는 내용이 적혀 있었습니다. 그런 만큼 기대하겠습니다. 부디 당신들 중에 용자의 자격을 얻게 되는 이들이 나오기를 말입니다."

"용자의 자격은 어떻게 받을 수 있는 것이오?"

"자격의 시험을 통해서입니다. 잠시 후 자격의 방에 들어가면 신령한 미스토스의 힘이 그를 판별하게 됩니다."

"미스토스라 했소?"

또다시 미스토스라는 말이 나왔다. 흑룡이 그에 대해 호기심을 보이자 델은 고개를 끄덕이며 말했다.

"크리오스 왕국은 미스토스의 신비한 권능 아래 창조된 세계입니다. 미스토스는 당신들이 기존에 알고 있는 마나 같은 힘과는 전혀 다른 성질의 힘으로, 오직 초월자들에게만 그 신비가 개방되어 있습니다."

초월자들에게만 개방된 신비라. 그렇다면 초월자가 아닌 존재에게는 미스토스가 어떤 힘인지 알 자격이 존재하지 않는다는 뜻이었다.

'역시 샤크가 밝혀낼 문제로군.'

흑룡은 미스토스의 신비에 대한 호기심은 잠시 접어 두기로 했다. 그는 곧바로 고개를 끄덕였다.

"알았소. 그럼 우리를 자격의 방으로 안내하시오."

"예, 저를 따라오시지요."

총사 델은 흑룡 등을 건물 안쪽에 있는 한 방 앞으로 안내했다.

"잠시 후 여러분은 이 방으로 한 명씩 들어가게 됩니다. 이 방의 미스토스가 여러분을 용자 혹은 용자의 가디언으로서의 자격을 판별하게 됩니다."

"만일 그중 어느 것도 아니게 된다면 어찌 되는 것이오?"

흑룡이 묻자 델은 침중한 표정으로 대답했다.

"안타까운 일이지만 그런 경우에는 더 이상 크리오스 왕국에 있을 자격이 사라지게 됩니다."

"크리오스 왕국에 있을 자격이 사라진다? 그렇다면 추방된다는 뜻이오?"

"그렇습니다."

"실제로 그런 경우가 많이 있소?"

"물론입니다. 수많은 여행자들 중에서 극히 소수만 용자가 되며, 용자의 가디언 또한 극히 일부에게만 주어진 운명이기 때문이지요."

"그렇다면 본래 왔던 세계로 돌아가야 한다는 것이오?"

"그건 아닙니다. 새로운 인연이 닿는 세계로 떠나게 되지요. 물론 크리오스 왕국에 대한 모든 기억은 지워진 상태에서 말입니다."

"흠. 어쨌든 알았소."

미스토스가 모든 걸 판별한다고 하니 흑룡은 일단 그에 수긍하기로 했다.

'과연 나는 어떤 운명으로 판단될지 궁금하군.'

흑룡은 물론 자신이 아닌 뭔가에 의해 용자로 선택되지 않아도 그 스스로 얼마든지 용자가 될 수 있는 몸이었다.

용자가 되든 아니면 마왕 같은 삶을 살든 그것은 온전히 그 자신이 판단할 문제이지, 알 수 없는 힘에 그 운명을 맡길 생각은 없기 때문이다.

그러나 기왕 크리오스 왕국에 들어왔고, 지금껏 이 왕국의 방식에 따라 수준도 높여 왔으니, 일단은 이 왕국을 만든 초월자들의 방식을 존중해 주기로 했다.

"자격의 시험은 특별한 것이 없지요. 방을 그냥 걸어서 통과하기만 하면 됩니다. 저 반대편에 보이는 문을 열고 나가시면 시험은 완료됩니다."

델은 말을 이었다.

"용자의 자격을 받을 경우 용자로서의 징표를, 가디언의 자격을 받을 경우 가디언으로서의 징표를 얻을 것입니다. 그중 어느 것도 아닐 경우에는 저 문을 여는 즉시 크리오스 왕국을 벗어나게 됩니다."

어찌 보면 무척 가혹한 방식의 시험이었다. 자격이 안 될 경우 이 시험을 끝으로 더 이상 크리오스 왕국에 있지 못하기 때문이다.

흑룡은 모두를 돌아봤다. 우습지만 그는 자신을 제외한 일행 모두의 운명에 대해 이미 직감하고 있었다.

'용자는 리닌, 나머지는 모두 용자의 가디언이 될 운명일 것이다.'

그런데 정작 그 자신의 운명은 무엇일지 알지 못했다. 중이 제 머리는 깎지 못한다더니, 이러한 특별한 직감 능력이 그 자신에게는 발휘되지 못하는 모양이었다.

"루켈다스! 프루아! 또한 모두 들어라."

"예, 마스터."

"더 이상 너희들은 나를 마스터라 부를 필요가 없다. 이제부터 너희들은 나의 부하나 노예가 아니다. 너희들의 운명은 너희 스스로의 의지에 달려 있음을 잊지 마라."

"하지만 그래도 당신은 저의 영원한 마스터이십니다."

"어쩌면 다시 뵙지 못할 지도 모르겠군요. 물론 저의 마음도 루켈다스와 같습니다, 마스터."

루켈다스와 프루아는 자신들이 할 수 있는 최대한의 예를 취했다. 헤나 등도 마찬가지였다.

그들 중 누구도 자신의 운명을 알지 못했다.

저 자격의 방을 통과해 무사히 자격을 인정받는다면 모를까, 어쩌면 지금 이 순간이 크리오스 왕국에 있는 마지막 순간이며, 흑룡과 함께 있는 마지막 순간일지도 모른다는 생각에 모두들 눈물을 흘리고 있었다.

오직 흑룡의 표정만 담담할 뿐이었다. 그래도 그는 이것이 저들과의 마지막 순간일 수도 있다는 생각에는 동의했다.

'하긴. 어쩌면 나야말로 크리오스 왕국과는 인연이 없는지도 모르지.'

곧바로 방 안으로 들어가려던 흑룡은 문득 리닌을 바라봤다.

리닌은 슬픔이 가득 찬 표정으로 그를 쳐다보고 있었다. 커다란 눈에는 눈물이 가득했다.

'쯧, 용자가 될 녀석이 눈물은.'

하지만 아무리 리닌이 용자가 될 운명이라 해도 아직 어린아이에 불과하다. 지금은 천진한 어린아이의 심정으로 혹시 모를 흑룡과의 이별을 슬퍼하고 있었던 것이다.

흑룡은 리닌에게 다가가 말했다.

"마음을 굳게 가지거라. 장차 너의 의지에 따라 수많은 이들의 삶이 좌우될 것이다."

"예, 마스터."

"마스터라 부르지 말라 하지 않았느냐?"

"네…… 흑룡 아저씨."

리닌은 울먹이며 대답했다. 흑룡은 문득 궁금한 것이 있어 리닌의 귀에다 대고 자그맣게 물었다.

"한 가지 궁금한 게 있다. 네가 원래 말하려던 소원은 혹시 용자가 되고 싶다는 것이었느냐?"

예전에 샤크가 리닌에게 소원을 물었을 때, 리닌이 용…… 이란 말을 하다 부득이한 일로 멈춰야 했었다. 그 후로 리닌은 자신의 소원에 대해 말하지 않았는데, 흑룡 또한 그것이 뭔지 내심 궁금했던 것이다.

'분명히 용자가 되고 싶다는 것이었겠지.'

그는 그렇게 짐작하고 있었다. 그리고 그 소원은 곧 이루어질 것이기에, 그는 레티티아 마을에서 용하술을 펼쳐 장차 리닌에게 힘이 되어 줄 강력한 두 가디언들의 마음을 얻게 해 주었던 것이다.

그러나 만일 리닌이 용자가 아닌 다른 소원을 갖고 있었다면?

그럴 리는 없겠지만, 만일 그렇다면?

당연히 흑룡은 지금이라도 그것을 들어줄 생각이었다.

흑룡 자신이 혹시 못 해 준다면 추후 샤크가 그것을 들어줄 것이다.

그런데 아니나 다를까, 리닌의 대답은 뜻밖이었으니!

"솔직히 말해도 되나요?"

"물론이다."

"사실 그땐 용자가 되고 싶은 생각은 없었어요. 그냥 샤크 아저씨가 저의 아빠…… 였으면 좋겠다고 생각했죠."

"……!"

리닌의 말에 흑룡의 두 눈이 휘둥그레 커졌다. 그것은 그야말로 전혀 예상 못 한 소원이었던 것이다.

그러나 왠지 어이없으면서도 한편으로 고개가 끄덕여졌다. 생각해 보니 리닌이라면 충분히 그런 생각을 할 수도 있을 것 같았기 때문이다.

"그런데 나중엔 소원이 바뀌었어요."

"그래? 역시 용자가 되겠다는 소원이었겠지?"

"아뇨. 흑룡 아저씨가 아빠였으면 좋겠다 생각했죠, 헤헤!"

리닌의 말에 흑룡은 다시 멍해졌다. 왠지 가슴이 뭉클하기도 했다. 그리고 보니 소원을 떠나서 리닌 같은 귀여운 딸이 있다면 정말 좋을 것이다.

다만 리닌의 아빠가 된다는 것은 곧 헤나의 남편이 된다는 것을 의미하지 않은가.

흑룡은 힐끗 헤나를 쳐다봤다. 그녀는 환야에서 끝까지 그에게 의리를 지켰던 로아탄 카렌과 동일한 모습을 가진 여인이었다.

처음 봤을 때 참 기묘한 인연이라는 생각을 했지만 이렇게 될 운명이었던 건가.

흑룡이 잠시 물끄러미 쳐다보자 헤나는 무슨 일인가 싶어 고개를 갸웃했다. 그러나 그녀의 가슴은 왠지 뛰고 있었다.

흑룡이 리닌과 무슨 귓속말을 나누었는지 알 수 없지만 헤나 역시 뭔가 기분이 묘했던 것이다.

스윽.

흑룡은 말없이 리닌과 헤나에게 고개를 끄덕여 주고는 자격의 방으로 들어섰다.

'우리가 다시 만날 수 있다면 리닌 네 소원은 이루어지게 될 것이다.'

크리오스 왕국에서 떠나게 된다면 리닌을 다시 못 보게 될 것이니 흑룡이 그 소원을 이루어 주기란 불가능했다. 그땐 샤크가 어떻게든 알아서 해야 할 것이다.

번쩍! 휘리리이이이—

그렇게 방의 중간쯤 들어왔을까? 갑자기 찬란한 빛이 휘몰아쳐 흑룡의 전신을 감쌌다.

용자의 운명을 타고난 자여! 그대의 굳은 의지 하에 수많은 마왕들이 굴복하게 되리라.

신비로운 음성이 환청처럼 귓속으로 파고들었다. 동시에 흑룡은 자신의 목 뒤로 자줏빛의 망토가 나타나 둘러진 것을 확인할 수 있었다.

'용자? 내가?'

그는 사실 스스로 용자가 아니라 그보다 더한 존재가 될 수도 있는 능력을 가졌다.

그런데 이 신비한 미스토스의 힘이 그를 용자로 판별해 용자의 자격을 부여하자 뭔가 기분이 새로웠다.

'용자라……'

정말로 용자가 되고 싶었던 때가 있었다. 무림에서 협의의 화신이었던 그가 마왕으로 환생했을 때 얼마나 절망스러웠던가.

나중에 초월자가 되며 모든 미련이 사라지긴 했지만, 그 전까지는 마왕으로서의 자신이 혐오스러울 때가 많았던 것이 사실이었다.

동시에 용자들을 얼마나 부러워했던가.

그래서 그는 용자답지 못한 용자들을 보았을 때 그토록 분노했었던 것이다.

'그런 내가 용자가 되다니……'

사실상 정식으로 용자로서의 자격을 인정받은 것이다 보니 진정 감회가 새로웠다.

그는 어느새 자격의 방을 지나쳐 성 안으로 들어서 있었다.

성 안은 무척 화려했다.

밖에서 볼 땐 몰랐는데 안으로 들어오자 그야말로 웬만한 대도시를 연상케 할 정도로 수많은 집과 건물들이 가득 차 있었던 것이다.

그리고 성 안은 오르덴, 용자, 그리고 용자의 가디언들로 바글바글했다.

용자는 한눈에 용자임을 알아볼 수 있었다. 흑룡처럼 그들의 목 뒤로 망토가 둘러진 것도 있지만, 설령 망토가 없다 해도 용자는 본능적으로 용자를 알아볼 수 있기 때문이었다.

같은 식으로 용자의 가디언들도 마찬가지였다.

용자들은 매우 소수인 반면 용자의 가디언들은 비교적 많았다. 물론 성 안에서 다수를 차지하는 이들은 오르덴들이었지만 말이다.

그 사이 리닌과 헤나, 두 진룡들과 칼둔, 거구즈, 거트, 시엘이 모두 자격의 방을 통과해 성 안으로 들어왔다.

흑룡의 직감대로 리닌은 용자의 자격을 얻었고, 나머지는 모두 용자의 가디언으로서 자격을 얻었다. 흑룡의 일행 중 크리오스 왕국에서 추방된 이는 아무도 없었다.

"놀랍군요. 일행 모두가 자격의 시험을 통과한 것은 지금껏 유례가 없는 일입니다."

총사 델은 깜짝 놀랐는지 표정이 상기되어 있었다. 흑룡은 담담히 미소 짓고 있었지만 속으로는 자신의 직감대로 모두 무사히 자격의 시험을 통과한 것에 기쁘기 이를 데 없었다.

"이제 우리는 어떻게 해야 하오?"

"자격의 용자이신 루나이스 님을 뵐 수 있습니다. 그분으로부터 미스토스의 인을 받은 후 각자 용자는 용자의 길을, 가디언들은 용자의 가디언으로서의 길을 걷게 될 것입니다. 저를 따라오십시오."

델의 태도는 더욱 정중해져 있었다. 흑룡 등은 그의 뒤를 따라갔다. 모두들 자격의 시험을 무사히 통과한 것에 안도함과 동시에 흑룡과 함께 있을 수 있다는 것에 기뻐하는 표정들이었다.

일행은 화려한 성 안의 길을 따라 걸었다. 목적지는 용자의 대전이 있는 내성이었는데, 어느새 그들의 양옆으로 수많은 이들이 몰려들었다.

"오오! 용자가 되신 것을 축하합니다."

"호호! 가디언으로서의 자격을 얻은 걸 축하해요!"

"부디 멋진 용자가 되시길 바라겠어요!"

"으하하하! 사악한 마왕과 마족들이 그 이름만 듣고도 벌벌 떠는 최강의 가디언이 되어 주시오!"

축하 행렬은 용자의 대전까지 쭉 이어져 있었다.

빰빠빠라! 빰빰빰!

둥둥둥둥—

나팔소리와 북소리까지! 이건 마치 전쟁을 승리로 이끈 개선장군의 귀환을 축하하는 듯했다.

용자가 되었다는 것이 이토록 영광스러운 일인가.

용자의 가디언이 되었다는 것이 이토록 축하받을 만한 일인가.

물론 당연히 그럴 것이다. 마땅히 영광스러우며 축하받을 만한 일일 것이다.

'……!'

흑룡의 가슴도 뛰었다. 아마도 이토록 가슴 벅찬 상황은 무한의 삶을 살아가는 초월자라 해도 그리 많이 경험하기 힘들 것이다.

솔직히 흑룡으로서는 전생의 마왕 시절은 물론이고, 전전생의 광협 백룡 시절에도 이처럼 가슴 벅찼던 적은 없었다.

용자가 무엇인가. 용자의 가디언은 또 무엇인가.

흑룡이 볼 때 그들은 바로 협의지사(俠義志士)들이다.

이 성은 오직 협의를 추구하는 이들이 모여 있는 곳!

그들은 흑룡 등이 협사가 되었다는 것을 축하하기 위해 모여들었다.

이 거대한 환호성! 협의로 가득 찬 함성들!

바로 이것이야말로 흑룡이 아니, 백룡이 그토록 꿈꾸었던 이상향이 아니었던가.

'놀랍군.'

가슴이 뛰면서도 진정 놀랍다. 왠지 눈시울이 뜨거워졌다.

대체 이 경이로운 협의(俠義)의 세계를 만든 초월자는 누구일까?

환야에 용자는 많았지만 진정한 용자는 보이지 않았다. 무림에 협사라 불리는 이는 많았지만 진정한 협사는 찾아볼 수 없었다.

그래서 늘 고독했던 그였다. 그런데 이 놀라운 협의의 세계를 만든 초월자가 존재한다면 흑룡은 더 이상 고독해할 필요가 없었다.

'누군지 모르지만 그를 정말 만나 보고 싶군.'

물론 그날은 머지않았다. 조만간 또 다른 흑룡이라 할 수 있는 샤크가 그 초월자를 찾아갈 테니까.

그 사이 흑룡 일행은 용자의 대전에 도착했고, 거대한 옥좌에 앉아 있는 여인을 볼 수 있었다.

신비로운 푸른 광채에 휩싸여 있는 여인!

그녀가 바로 자격의 용자라 불리는 루나이스였다.

"어둠과 절망으로 가득 찬 세계에 환한 빛과 희망을 줄 수 있는 존재. 그것이 바로 그대들의 존재 이유이고 사명이라 할 수 있다. 이제 그대들에게 미스토스의 인(印)을 내리노니, 이후로 그대들의 성장은 빨라질 것이고, 크리오스 왕국에서는 결코 죽지 않는 몸이 될 것이다."

마치 천지의 조화가 깃들어 있는 듯 장엄하면서도 신비로운 음성이었다. 흑룡은 루나이스가 범상한 용자가 아니라는 사실을 한눈에 알아봤다.

그녀가 용자라 불리고 있지만 실은 초월자의 경지에 이르러 있다는 사실을 말이다.

그런데 루나이스 역시 흑룡의 그러한 생각을 눈치챈 듯 빙그레 웃으며 심어를 전해 왔다.

'용자 흑룡! 당신의 또 다른 존재가 크리오스 왕국을 찾아오기를 모두가 학수고대하고 있답니다.'

그 말에 흑룡은 내심 놀랐다. 루나이스를 비롯한 크리오스 왕국의 초월자들이 이미 흑룡이 어떤 존재인지를 알고 있었다는 뜻이었다.

'나를 알고 있었소?'

'어렴풋이요. 당신과 연결된 또 다른 누군가가 있다는 사실을. 그리고 그가 바로 진정한 당신이며 그의 능력은 우리 못지않다는 사실을요.'

'때가 되면 그는 당신들을 찾아갈 것이오. 그보다

이런 곳이 있다는 것이 정말 놀랍소.'

'호호, 그가 찾아오면 지금보다 더 놀랄걸요.'

'그때를 기대하겠소.'

흑룡은 미소 지었다. 그렇게 둘의 심어가 교환되고 있는
것과는 별개로 루나이스는 여전히 엄숙한 표정으로 미스토
스의 인을 펼쳤다.

"이후로 신비한 미스토스의 힘이 그대들에게 영원히 함
께할 것이다. 그러나 그대들은 아직 약하니 진정으로 강한
용자와 가디언이 되기 위해 노력해야 하리라."

루나이스의 말은 이후로도 계속 이어졌다.

그녀의 말대로라면 흑룡 등은 이후로도 몬스터들을 해치
우며 수준을 높여 나가야 하는 것은 동일했다.

용자들은 각자에게 지정된 요새로 이동해 그 요새를 몬
스터들의 공격으로부터 방어해야 하며, 가디언들은 자신이
원하는 용자를 선택해 그를 수호하는 기사로서 용자와 함
께 성장해 나가야 한다는 것이었다.

그녀의 설명이 끝나자 새로운 용자와 가디언들을 위한
성대한 연회가 열렸고, 이튿날 흑룡과 리닌에게는 각각 한
채씩의 작은 요새가 배정되었다.

또한 가디언들에게 자신의 용자를 선택할 수 있는 기회가 주어졌다.

동시에 용자들에게도 자신의 가디언을 선택할 수 있는 기회가 있었다.

그때 흑룡은 오직 한 명의 가디언을 선택했다.

다른 가디언들은 이미 흑룡의 뜻을 전해 받았기에 그 선택된 한 명 이외에는 리닌을 자신의 용자로 선택했다.

거구즈와 거트, 칼둔, 시엘은 진작부터 자신들이 리닌의 가디언으로 선택받았다는 것을 알고 있었고, 루켈다스와 프루아는 리닌에게 은혜를 갚겠다는 자신들의 다짐대로 그녀의 가디언이 되기를 원했던 것이다.

반면에 가장 당혹스러웠던 이는 헤나였다. 흑룡이 그녀를 자신의 가디언으로 선택했기 때문이었다.

"리닌은 저들이 충분히 지켜 줄 것이오. 헤나, 그대는 이제부터 나를 지키는 가디언이 되어 주시오."

흑룡은 그렇게 말했지만 실상은 그가 헤나를 지켜 주겠다는 뜻으로 일종의 사랑 고백이었던 것이다.

헤나 또한 그 뜻을 알았기에 정신이 아득해지는 것 같았다.

"엄마! 난 걱정 말아요. 여기 든든한 가디언들이 날 지켜 줄 테니 엄만 흑룡 아저씨를 지켜 주세요."

　이에 가장 기뻐한 이는 물론 리닌이었다. 흑룡이 정말로
자신의 소원을 들어줄 줄은 몰랐던 리닌은 이 일이 꿈만 같
았다.

Chapter 10

눈치 보는 드래곤

흑룡 등이 안개 저편으로 사라진 지 어느덧 10년 가까운 세월이 흘렀다.

르메스 대륙의 상황은 크게 달라지지 않았다.

마족과 마물들이 크리오스 왕국으로 향하는 모든 국경 지대에 배치되어 철통같은 감시를 하고 있기에 그 사이 르메스 대륙에서 크리오스 왕국으로 넘어간 이는 아무도 없었다.

그동안 샤크는 묵묵히 무극지기를 쌓았고 드디어 초월자의 경지에 오르는 데 성공했다. 예상했던 대로 딱 10년 가까운 세월이 소요되었다.

그러나 그 10년 세월이 크게 지루하지 않았던 이유는 안개 저편에 존재하는 흑룡의 활약을 지켜볼 수 있었기 때문이었다.

　그는 흑룡이 수준을 높여 가며 레티티아 마을에서 워 울프 쿠로탄과 마물 지네 가르다크를 해치운 것은 물론이고, 이후 용자가 되어 성장하는 모습을 매일 지켜봤다.

　용자 흑룡은 리스벨리오 성으로부터 멀리 떨어진 곳에 위치한 요새를 배정받았는데, 그곳은 사악한 나가들이 득실거리는 험한 지역이었다.

　그러나 흑룡에게는 물론 험한 곳이 아니었다. 오히려 나가들이 대재앙을 맞게 되었으니!

　흑룡은 인근의 나가들 뿐 아니라 미노타우루스, 오우거, 사이클로프스, 코볼트, 리자드맨 등 방대한 지역의 모든 몬스터들을 격파하고 그들을 굴종시키는 데 성공했다.

　처음엔 작은 요새에 불과했던 그의 거처는 10년 사이 거대한 성으로 확장되었고, 어느덧 그는 웬만한 마왕들도 능히 상대할 수 있을 만한 수준으로 강해졌다.

　흑룡은 간혹 헤나와 함께 리스벨리오 성에서 리닌 등과 만나 저녁을 먹거나 차를 마시기도 했는데, 그때마다 용자로서의 조언을 아끼지 않았고, 리닌이 어려운 고비에 처할 때는 도와주기도 했다.

현재 리닌의 수준은 어지간한 드래곤에 육박할 정도로 강해졌고, 그녀의 휘하에 있는 루켈다스와 프루아는 각각 진룡으로서의 진정한 능력을 각성해 르메스 대륙에 있을 때보다 더욱 강력한 전투력을 발휘할 수 있게 되었다.

칼둔과 시엘, 거구즈와 거트 등도 모두 어디 가서 용자의 가디언이라고 불려도 부끄럽지 않을 만큼 빠르게 성장했다.

그런 그들의 모습을 안개 이편에서 지켜보고 있는 샤크의 입가에는 시종 흐뭇한 미소가 사라지지 않았다.

칼드 제국 서부 국경 지대에 위치한 아루드 성.

중앙탑 29층 요리실.

오늘도 수석 요리사 샤크는 탐식가이자 미식가인 드래곤 안젤루스를 위해 요리를 해야 했다.

물론 그는 그저 초신요리법을 통해 식재료를 살짝 주물거리기만 할 뿐 실질적인 요리는 미소녀 엘븐 고블린 요리사 타디안이 하는 식이었다.

"오늘 재료는 뭐냐?"

"북해의 철갑왕새우와 파리안 지방의 금갑숭어예요."

"그래? 녀석이 그 요리들을 10년 만에 다시 찾는군."

"그걸 다 기억하세요?"

"물론이다. 내 어찌 잊겠느냐?"

샤크는 그동안 안젤루스가 매일 어떤 요리를 먹었는지 하나도 빠짐없이 기억했다.

기억에서 지워 버릴 수도 있지만 굳이 기억하고 있는 이유는 단 하나.

'안젤루스! 네놈은 감히 초월자를 부려먹은 대가를 천 배로 갚게 될 것이다. 네놈이 먹은 요리를 그대로 다시 만들어 내게 바쳐야 한다.'

그렇다. 안젤루스는 상상도 못 하고 있지만 그는 샤크를 요리사로 부려 먹은 기간의 천 배 만큼 그의 요리사가 되어 살아야 할 것이다.

벌써 10년이 지났으니 천 배라면 무려 1만 년!

그러나 샤크는 한 10년 더 이곳에 머물러 있을 작정이었다. 이전에 계획한 대로 초월자가 아닌 혼돈자의 경지에 이른 후에 크리오스 왕국에 갈 생각이었으니 말이다.

그것은 그가 가진 신중한 성격 때문이었다.

크리오스 왕국엔 용자 루나이스 외에도 또 다른 초월자들이 존재했다. 그녀 스스로 '우리' 라는 표현을 했던 것을 보면 말이다.

따라서 샤크는 최악의 사태를 대비하지 않을 수 없었다.

크리오스 왕국의 초월자들!

그들이 선을 가장한 악이 아니라는 보장이 없지 않은가?

만일 그렇다면 샤크가 지금 섣불리 크리오스 왕국에 들어갔다가 낭패를 당할 우려가 있었다.

물론 당연히 기우일 것이다. 지금까지 드러난 것으로 보면 크리오스 왕국에 있는 초월자들은 샤크가 평소 이상적으로 생각했던 초월자들의 삶을 살고 있었으니까.

그렇다 해도 샤크는 그동안 별일을 다 겪어 봤던 터라 신중할 수밖에 없었다.

어쨌든 혼돈자가 되면 모든 게 해결되리라.

그곳에 수백이 넘는 초월자들이 있다 할지라도 샤크가 혼돈자의 경지에 이르면 그들을 두려워할 필요가 없기 때문이다.

'10년만 더 참자.'

문제는 그렇게 되면 안젤루스에게는 또다시 1만 년이라는 아득한 기간이 쌓이게 된다는 것!

합하면 무려 2만 년!

드래곤의 수명이 길다 하지만 과연 그 긴 세월 동안 살

수나 있을까?

어떻게 보면 너무 가혹한 처사였다.

그래도 샤크가 하겠다면 할 것이다. 그 안에 안젤루스의 수명이 다한다면 언데드로 만들어 2만 년을 다 채우게 만들면 될 테니까.

'아니야. 그러자니 내가 더 귀찮다.'

안젤루스가 뭐 예쁘다고 2만 년씩이나 데리고 있다는 말인가. 솔직히 한 몇 십 년 끌고 다니는 것도 번거롭기 짝이 없는 일.

그렇다고 이대로 용서해 줄 수도 없다.

샤크는 고심 끝에 한 가지 새로운 방안을 떠올렸다.

만일 안젤루스가 크리오스 왕국에 가서 용자 혹은 용자의 가디언이 된다면 지난 일은 불문에 부치자는 것이다.

물론 안젤루스가 제 발로 크리오스 왕국에 갈 일은 없겠지만, 무려 2만 년 동안 샤크의 노예 생활을 해야 한다는 사실을 알게 된다면 생각이 바뀔 것이다.

어쨌든 그 문제는 10년 후에 다시 생각해 보기로 하고, 샤크는 시큰둥한 표정으로 주방을 둘러보며 말했다.

"타디안 오늘 요리는 네가 알아서 하거라."

"네, 스승님."

사실 이제는 굳이 초신요리법을 샤크가 직접 펼치지 않아도 된다. 대부분의 비법을 타디안에게 전수해 주었으니까.

물론 타디안의 경우 무극지기를 주입할 수 없어 샤크가 직접 하는 것에 비해서는 다소 맛이 떨어지긴 했지만, 그 차이는 그리 크지 않았다. 보통 사람이 맛을 본다면 전혀 그 차이를 느낄 수 없을 것이다.

그러나 미식가 드래곤 안젤루스는 그 사소한 맛의 차이까지 감별해 내는 절대 미각을 가지고 있었다. 따라서 간혹 샤크가 귀찮아 타디안에게 맡겨 두거나 하면 어떻게 알았는지 인상을 찌푸리며 투덜거렸다.

물론 그래도 충분히 먹을 만은 했기에 대부분 그대로 넘어가긴 했지만 간혹 샤크를 불러 한 소리를 하곤 했다.

바로 오늘이 그랬다.

타디안이 요리를 갖고 올라간 지 얼마 안 되어 그녀는 안색이 하얗게 질린 채로 후다닥 샤크를 찾았다.

"스승님! 로드께서 부르세요."

"알았다."

샤크가 올라가자 안젤루스가 접시를 바닥에 집어던지며 소리 질렀다.

"으득! 네놈은 무늬만 수석 요리사냐? 앞으로는 네놈이 직접 만들지 않으면 가만두지 않겠다."

"맛은 별 차이 없는데 그냥 먹지 그래. 뭘 그리 까다롭게 구는 거냐?"

샤크가 귀찮다는 듯 대꾸하자 안젤루스는 한 손에 9서클의 공격 마법인 브림스톤 파이어의 불꽃을 피워 내며 으르렁거렸다.

"크으! 닥쳐라! 한낱 요리사 주제에 반말은 기본이고, 사사건건 대들다니. 네놈은 나 안젤루스가 물로 보이느냐? 한 번 만 더 그따위로 까불면 드래곤이 왜 무서운 존재인지 알게 될 것이다."

그러자 샤크는 일순 차갑게 안젤루스를 노려봤다. 안젤루스가 움찔했다. 샤크는 어깨를 으쓱했다.

"알았으니 그만 겁 줘라. 특별히 내일은 내가 직접 만들도록 하지."

그 말과 함께 그는 짐짓 겁을 먹은 표정을 하고 돌아갔다. 그러나 안젤루스는 샤크가 전혀 겁을 먹지 않았다는 사실을 아주 잘 알고 있었다.

그리고 사실 방금 전 겁을 먹은 것은 샤크가 아니라 그 자신이었다.

그는 샤크가 무척 두려웠다.

진심이었다.

아마 샤크를 데려온 지 한 달 정도 지나서부터 그랬을 것이다.

황당무계한 얘기지만 당시 안젤루스는 샤크에게 섣불리 손을 썼다간 그 자신이 되레 죽을지도 모른다는 섬뜩한 두려움에 몸을 떨고 말았다.

'제기랄! 대체 저놈을 어떻게 하면 좋을지 모르겠군.'

그는 진작 샤크를 내쫓고 싶었다. 하지만 왠지 그랬다간 돌이킬 수 없는 일이 벌어질 것 같아 항상 협박만으로 그쳐야 했다.

그 돌이킬 수 없는 일이란 무엇일까?

모른다. 생각하고 싶지 않았다.

아무리 그래도 어느 정도지. 확실한 근거도 없는 그저 그런 기분 때문에 한낱 요리사를 두려워한단 말인가?

그것도 르메스 대륙의 사대 광룡(이제는 이대 광룡이 되었지만) 중의 하나인 천하의 실버 드래곤 안젤루스가 말이다.

정말로 어디 가서 이런 말을 했다간 드래곤 망신 다 시킨다는 소리를 듣게 될 것이다. 그리고 설사 망신을 당하지 않는다 해도 드래곤으로서의 자존심이 있지, 어디 요리사의 눈치를 보며 산다고 말할 수 있겠는가.

그저 홀로 끙끙 앓을 뿐이다.

어쨌든 믿기 힘든 얘기지만 그가 이렇게 산 지는 벌써 10년이 다 되었다.

그러다 보니 이제는 될 대로 되라는 심정이었다. 샤크는 귀찮다는 이유로 요리를 타디안에게 맡기는 것 외에는 큰 문제를 일으키지 않았고, 그러다 보니 안젤루스도 그냥 그러려니 하고 살고 있었던 것이다.

하지만 오늘처럼 부득불 샤크를 불러 호통을 칠 때가 있었다. 그래선 안 된다는 것을 알면서도 그럴 수밖에 없는 이유는 그가 가진 그 미식가적 기질 때문이었다.

'다른 건 몰라도 북해의 철갑왕새우 요리와 파리안 영지의 금갑숭어 요리만은 진정한 맛을 느끼고 싶은데, 그 빌어먹을 요리사 놈이 직접 요리를 하지 않으니!'

바로 그것 때문이었다. 타디안이 만든 요리도 썩 훌륭하긴 하지만 그의 입맛으로 볼 때 샤크가 직접 한 것과는 하늘과 땅 차이였던 것이다.

하지만 막상 샤크를 불러 호통을 치고 나니 공연히 또 불안해지는 소심한 드래곤이었다.

'그냥 참을 걸 그랬나.'

뒤늦게 후회해 봤지만 이미 벌어진 일을 어쩌겠는가. 안젤루스는 샤크가 돌아가기 전 힐끗 그를 차갑게 노려봤던 것을 떠올리고는 몸을 떨었다.

그가 어찌 알겠는가. 샤크가 이곳에 온 지 불과 한 달 정도 지났을 때 이미 웬만한 드래곤 정도는 찜 쪄 먹을 정도로 강해졌다는 사실을.

그리고 그 후로 10년 가까운 시간이 지난 지금은 드래곤이 아니라 마왕들도 한낱 터럭처럼 여길 만큼 고강한 존재가 되어 있다는 사실을.

그런데도 샤크가 안젤루스를 그대로 놔둔 이유는 그냥 귀찮아서였다. 혼돈자가 되기 전까지는 가능하면 조용히 있고 싶어서이기도 했다.

그런 사실을 꿈에도 모르는 안젤루스였다. 그는 그저 알 수 없는 불안함에 떨고 있었다.

'으으! 이를 어쩐단 말이냐.'

그의 본능은 차라리 어디론가 달아나는 것이 상책이라는 신호를 계속 보냈다.

오죽하면 모든 것을 잃는다 해도 차라리 미친 척하고 크리오스 왕국으로 뛰어드는 것은 어떨까 하는 생각까지 해 봤을 정도였다.

아니면 마왕 테네칸에게 도움을 청한다? 왠지 그래 봤자 해결이 되기는커녕 오히려 사태만 악화시킬 것 같다는 생각이 들긴 했지만.

무엇보다 그렇게 되면 그는 두 번 다시 샤크가 만들어 준 그 기막힌 요리를 맛볼 수 없게 될 것이다.

눈치를 보고 살지언정 어쩌다 한 번씩 나오는 샤크의 요리를 먹는 낙으로 살고 있는 그로서는 그냥 현실에 순응하며 지낼 수밖에 없었다.

한편 샤크는 자신의 방으로 돌아와 창밖을 바라보며 생각에 잠겨 있었다.

'그러고 보니 무료하기는 하구나.'

그는 최근 팔찌에 봉인된 차원력을 흡수하고 있었다. 만상차원심법은 저절로 운용되기에 그가 따로 신경 쓰지 않아도 앞으로 10년 동안 팔찌로부터 차원력이 계속 흘러들어 올 것이다.

그 사이 그는 뭔가 할 일이 필요했다.

'흑룡이 뭐하고 있나 볼까?'

하지만 흑룡의 성장을 지켜보는 것도 하루 이틀이지, 무려 10년 동안이나 지켜봤는데 또 뭘 보란 말인가.

이미 마왕급 이상으로 강해진 흑룡이다 보니 샤크로서는 별다른 관심이 가지 않았다.

사실 흑룡 본인이라면 지금이 살 만하겠지만, 지켜보는 샤크의 입장에서는 흑룡이 크리오스 왕국에 막 들어가 적응을 하던 초반이 훨씬 흥미로웠다.

흑룡이 막 용자가 돼서 나가들과 전투를 벌이고, 요새를 확장시키며, 인근의 몬스터들을 쓸고 다니는 것은 제법 신나는 일이었으니까.

그러나 이제 흑룡은 충분히 강해졌고, 그에게 대적할 만한 적들은 거의 없었다. 그러니 샤크가 흑룡의 일상에 무슨 재미를 느끼겠는가.

특히나 요즘 흑룡은 그의 아내이자 가디언인 헤나와 사랑 놀음에 빠져 있기도 했던 터라 왠지 지켜보는 입장에서 배가 아프기도 했다.

그리고 아무리 흑룡이 샤크의 또 다른 자신이라 하지만, 엄연히 분리된 객체이기도 하는 터라 흑룡의 은밀한 사생활까지 훔쳐볼 수는 없는 일.

샤크도 양심은 있었다. 그땐 흑룡과 연결된 모든 감각을 의식적으로 단절시켰다.

그리고 샤크는 이제 특별한 일이 없는 한 흑룡을 흑룡 그대로 살아가게 둘 생각이었다. 그는 용자 흑룡으로, 헤나의 남편으로, 리닌의 아버지로서 행복하게 살아갈 것이다.

어쨌든 달리 할 일이 없는 샤크는 흑룡의 은밀한 사생활을 제외한 용자로서의 활약을 계속 지켜보며 시간을 보냈다.

다시 세월은 유수처럼 흐르고.

그렇게 또 10년이 흘렀을까?

샤크는 차원력의 팔찌에 봉인되어 있던 수백여 일루전들의 차원력을 모두 체내에 흡수하는 데 성공했다.

그리고 그것을 통해 그토록 고대하던 혼돈자의 경지에 이르렀다. 예상대로 도합 20년의 시간 만에 혼돈자가 다시 된 것이다.

'드디어.'

샤크는 감회가 새롭지 않을 수 없었다.

'지난 20년이 마치 수천 년의 세월처럼 장구하게 느껴지는군.'

그만큼 환야로 돌아가고 싶은 마음이 컸기 때문이리라.

고무적인 사실은 단순히 20년 전 잃어버렸던 모든 힘을 되찾은 정도가 아니라 혼돈자로서의 진정한 각성을 했다는 것이다.

당시는 죽음의 위기에서 급박한 깨달음을 얻어 간신히 혼돈자로서의 초기 각성을 했다면, 지금은 혼돈력의 실체인 무한의 힘을 활용할 수 있게 되었다.

차원력과 달리 아무리 써도 소모되지 않는 힘!

그것이 바로 혼돈력이었다.

'혼돈력이 있으니 차원력은 굳이 필요가 없을 터.'

수백여 일루전들의 차원력은 혼돈자가 되기 위해 필요한 도구에 불과했다. 이제 상위의 힘인 혼돈력이 있는 이상 샤크에게 차원력은 거추장스러울 뿐이다.

그렇다고 버릴 수는 없는 일.

'어떤 식으로든 쓸 일은 있겠지.'

샤크는 차원력을 체내에서 배출한 후 그것을 팔찌의 형태로 봉인한 후 왼팔에 찼다.

'좋아. 이제 때가 되었군.'

크리오스 왕국의 초월자들을 만날 때가 도래했다.

'다만 그 전에 한 가지 할 일이 있지.'

다름 아니라 칼드 제국의 황제 노릇을 하고 있는 마왕 녀석을 손봐 주고, 이곳에 저주와 속박 상태로 매여 있는 인간과 이종족들을 크리오스 왕국으로 보내 주는 것!

크리오스 왕국에 가면 모두의 저주가 풀림과 동시에 새로운 운명을 얻게 된다. 또한 그들 중 일부는 용자나 혹은 용자의 가디언이 될 수 있는 기회를 얻게 될 것이다.

샤크는 곧바로 타디안을 불렀다.

"타디안!"

"네? 저를 부르셨나요, 스승님?"

주방에 있던 타디안이 샤크의 방문을 열고 물끄러미 쳐다봤다.

"이리 와서 앉아라. 네게 할 말이 있다."

"네, 스승님."

샤크의 엄숙한 표정을 보고 타디안은 고개를 갸웃했다. 지난 20년 동안 시종 느긋하며 장난스러웠던 샤크였다. 그런 그가 이토록 엄숙한 표정을 짓는 것은 처음이었던 것이다.

"타디안, 너는 이제 이곳 르메스 대륙에 있는 모든 고블린들을 모아 크리오스 왕국으로 가도록 해라."

"스승님! 그게 무슨 말씀이신지."

뜻밖의 말에 타디안은 어리둥절한 표정을 지었다. 다짜고짜 크리오스 왕국으로 가라니. 그것도 그녀 혼자도 아닌 고블린들을 모두 이끌고 가라니.

크리오스 왕국이 어디 무슨 뒷동산이라도 된다는 말인가.

특히나 지금 크리오스 왕국으로 진입하는 모든 경계에는 마족들과 마물들이 투입되어 철통같은 감시를 하고 있어 타디안이 그곳에 간다는 것은 꿈도 못 꿀 일이었다.

샤크가 담담히 미소 지으며 말했다.

"너는 언제까지 저주에 속박되어 드래곤의 노예로서 살아갈 생각이냐? 크리오스 왕국에 가면 너를 비롯한 고블린들을 괴롭혀 온 모든 저주에서 풀려날 뿐 아니라 네가 그토록 바라던 새로운 삶을 얻을 수 있을 것이다. 어둠이 짙었을 때 서쪽으로 가라는 고대 하온 대륙의 전설은 허황된 얘기가 아니라 사실이다."

"······!"

이어지는 샤크의 말을 듣는 순간 타디안은 가슴이 세차게 뛰었다. 비로소 그녀는 샤크가 지금 실없는 농담을 하고 있는 것이 아님을 알았던 것이다.

'저주에서 풀리고 새로운 삶을 얻는다면? 설마?'

고대 하온 대륙의 전설! 고블린들이 본래는 인간이었지만 마왕의 저주에 의해 고블린이 되었다는 얘기였다. 그러나 어둠이 짙어질 때 서쪽으로 가면 저주에서 풀려난다고 했다.

저주에서 풀린다는 것은 무엇을 의미할까?

그것은 그녀가 고블린이 아닌 인간이 될 수 있다는 뜻이었다.

"정말로 그게 가능한 일인가요, 스승님?"

"물론이다. 타디안, 너는 하온 대륙의 고블린들 중에 용자의 운명을 타고 났지."

"용자……?"

"모든 건 크리오스 왕국에 가면 저절로 알게 될 것이다. 그곳에서 아무리 힘든 일이 있어도 포기하지 말고 너의 능력을 높여 나가라. 그래야 두 번 다시 하온 대륙이 마왕들 따위에게 농락당하지 않게 될 것이다."

솔직히 샤크의 말 중에 타디안이 쉽사리 수긍할 수 있는 내용은 거의 없었다. 그러나 신기하게도 샤크의 말이 무슨 언령(言靈)처럼 그녀의 마음에 자리 잡았다.

동시에 타디안은 가슴 깊은 곳에서부터 용암처럼 끓어오르는 뜨거운 무언가를 느꼈다.

오랜 세월 사악한 저주에 눌렸던 고블린들의 한(恨)!

그 한이 곧 풀릴지도 모른다는 기대감!

아아, 정말로 그런 믿기지 않는 기적이 벌어진다면?

타디안의 가슴이 두근거렸다.

"그럼 이제 제가 어떻게 해야 하죠? 저는 고블린들을 모아 크리오스 왕국으로 건너갈 자신이 없어요."

당장 이곳 아루드 성도 벗어나지 못할 것이다. 그녀가 비록 안젤루스의 요리사로서 대접받고 있지만 그런 시도를 했다간 비참한 죽음을 면치 못할 테니까.

그러자 샤크는 의미 모를 미소를 지으며 말했다.

"타디안, 너는 내가 말한 것만 기억하고 있으면 된다. 조만간 네가 가기 싫어도 넌 크리오스 왕국으로 가게 될 것이다. 알았느냐?"

"네, 스승님."

샤크는 이어서 26층으로 내려갔다. 그곳에서 그가 찾은 곳은 하나의 공방이었다. 각종 마법 장비를 만드는 공방으로 카치카 마법사인 베스터가 일하고 있는 곳이기도 했다.

20년 전 샤크와 함께 안젤루스에게 붙잡혀 온 베스터는 마법사라는 이유로 안젤루스의 가디언 중 하나가 되었다.

카치카들·중 마법사가 매우 희귀한 터라 일종의 수집품 성격으로 가디언이 된 베스터는 마법 공방에 배치되어 푸드 헌트들이 사용할 장비를 만드는 일을 하며 지냈다.

"앗! 수석 요리사님…… 아니, 마스터께서 이곳까지 어인 일이십니까요?"

샤크가 나타나자 베스터는 눈을 크게 뜨며 놀라는 표정을 지었다. 샤크가 말했다.

"베스터, 이제 때가 되었구나."

"예? 때라니요?"

"카치카들의 저주를 풀고 새로운 운명을 얻을 때 말이야."

"저주? 새로운 운명? 도통 무슨 말씀이신지……?"

베스터는 고개를 갸웃했다.

"자세한 것은 네가 크리오스 왕국에 가면 자연스레 알게 될 것이다."

그 말과 함께 샤크는 하급 카치카 병사였던 거구즈와 거트가 크리오스 왕국에서 인간으로 변했을 뿐 아니라 용자의 가디언이 되어 멋진 삶을 살고 있다는 사실을 말해 줬다.

"그, 그럴 수가!"

베스터는 입을 쩍 벌렸다. 그야말로 꾸며낸 듯 황당무계한 얘기였지만 그는 샤크가 실없는 헛소리를 결코 지껄이지 않는다는 사실을 잘 알고 있었다.

"그럼·저도 크리오스 왕국에 갈 수 있는 것입니까?"

"물론이다. 너는 수많은 카치카들을 이끄는 우두머리이
자 용자 중 하나가 될 운명을 타고 났지. 네가 한 때 두려워
했던 너의 상관 벡쿠스는 너의 든든한 가디언이 되어 줄 것
이다."

"아, 그게 정말입니까요?"

베스터는 정말 꿈을 꾸는 것 같았다. 정말로 샤크의 말대
로 된다면 세상에 바랄 것이 없을 것이다.

샤크는 고개를 끄덕였다.

"곧 가게 될 테니 마음의 준비를 해라. 이곳에서 네가 가
진 모든 힘과 물건들은 크리오스 왕국에서는 필요 없는 것
들이다. 새로운 운명에 대한 강렬한 염원과 두 번 다시 저
주에 눌리지 않겠다는 강인한 의지만 마음에 품고 있으면
된다."

"아, 알겠습니다요, 마스터."

베스터의 몸에 전율이 일었다.

Chapter 11

전설을 만들다

아루드 성 중앙탑의 26층에서 가디언 베스터를 만난 후 샤크는 다시 자신의 거처인 29층의 방으로 돌아왔다.

'이제 놈을 찾아가 볼까?'

놈이란 물론 마왕 테네칸이었다. 이전 성격 같았으면 볼 것도 없이 가서 놈을 해치워 버렸겠지만, 샤크는 굳이 지금 당장 그럴 생각은 없었다.

놈이야 언제든 해치울 수 있으니까.

그보다는 놈을 이용해 르메스 대륙에 있는 인간과 이종 족들을 크리오스 왕국으로 이주시키기로 했다.

여기서 만일 샤크가 테네칸과 마족들을 그냥 해치워 버

리면 어떻게 될까?

일단 르메스 대륙은 마왕과 마족들의 압제에서 벗어나 이전처럼 비교적 평화로운 시절로 돌아갈지도 모른다.

그러나 그렇게 되면 과연 크리오스 왕국으로 향할 자가 몇이나 있을지 의문이었다.

이전에는 황제의 폭정에 못 이겨 목숨을 걸고 크리오스 왕국을 향해 가는 이들도 있었지만, 황제가 사라지면 굳이 그럴 이유를 찾지 못할 것이다.

샤크로서는 가능하면 많은 사람들이 크리오스 왕국에 들어갔으면 하는 바람이었다.

그러나 그렇다고 그가 강제로 사람들을 모조리 안개 저편으로 집어던질 수는 없는 일.

그런 식으로 자신의 의지가 아닌 타의에 의해 크리오스 왕국에 들어간 이들은 그곳에서 생존해 나가기란 쉽지 않기 때문이다.

크리오스 왕국은 모든 것을 새롭게 시작할 수 있고, 본인의 노력과 의지에 따라 무한한 성장이 가능한 신비의 세계!

그러나 그만한 고통을 감수해야 성장할 수 있다.

두려움을 극복해야 강해질 수 있다.

그런데 타의에 의해 강제로 그곳에 들어간 이들에게 그

런 의지가 존재할까?

그들은 아마 몬스터들이 보이면 당장 돌아가려 할 것이다. 조금만 고통스러워도 본래 있던 곳이 더 좋았다며, 크리오스 왕국을 무슨 지옥과 같은 곳으로 여기게 될 것이다.

그런 이들이 무슨 용자가 될 수 있겠는가.

용자는커녕 용자의 가디언이 되기도 불가능하리라.

그곳엔 그야말로 필사적인 심정으로 가야 한다.

오직 그곳만이 희망이라는 심정이어야 한다.

그래야 새로운 운명을 받아들일 수 있으며, 험악한 몬스터들과 맞서 싸울 의지를 갖게 될 테니까.

그로 인해 그들의 수준이 높아지게 되면, 장차 용자나 혹은 용자의 가디언이 될 가능성도 생겨날 것이다.

*　　　*　　　*

칼드 제국의 황궁, 황제의 대전.

번쩍이는 누대 위 옥좌.

흑색의 긴 머리를 허리까지 내려트린 사내.

그는 물론 칼드 제국의 황제이자 마왕 테네칸의 분신이었다.

스스스.

갑자기 주변이 어두워지기 시작하자 테네칸은 고개를 갸웃했다.

'음?'

대전의 대신들과 시위들은 다 어디에 가고 자신 홀로 남아 있는 것인가?

'여긴 어디냐?'

테네칸이 뭔가 심상치 않다는 사실을 눈치챘을 때 이미 주변은 전혀 다른 장소로 화해 있었으니! 알 수 없는 공간에 그와 그가 앉아 있는 옥좌만 남아 있었다.

'이럴 수가! 누가 결계를?'

비로소 자신을 주위로 알 수 없는 결계가 펼쳐졌음을 인지한 테네칸은 깜짝 놀라 옥좌 위에서 벌떡 일어났다.

어둠의 결계인가?

아니었다. 그렇다면 마왕인 그가 그것을 알아보지 못할 리가 없었다.

마왕인 그 자신이 눈치채지 못할 정도로 은밀하면서도 신속하게 이토록 신비한 결계를 펼칠 수 있는 자라면?

'서…… 설마 그분이?'

테네칸은 자신이 감히 고개도 들 수 없는 한 존재를 떠올렸다.

초마왕(超魔王) 루타나마스.

수많은 마왕들 위에 군림하는 최강의 마왕!

그 앞에서 마왕 테네칸은 그저 한낱 미물에 지나지 않았다. 손짓 한 번으로 웬만한 마왕들을 먼지로 만들어 버릴 수 있는 미증유의 능력을 가진 이가 바로 그였으니까.

'정말로 루타나마스 님이 오셨단 말인가?'

아마도 그럴 것이다. 초마왕이라 불리는 루타나마스가 아니라면 마왕인 자신을 이토록 무력하게 만들어 버리기란 불가능하니 말이다.

'그 분께서 갑자기 무슨 일로?'

테네칸은 긴장했다. 그와는 딱 한 번 조우했을 뿐이다. 그 당시 숨이 멎어 버리는 듯했다. 거대한 뱀 앞에선 작은 개구리의 심정이 그러할까?

그런데.

테네칸은 돌연 자신의 앞에 나타난 한 은발의 청년을 보고는 고개를 갸웃했다.

'저놈은 누구지?'

혹시 루타나마스가 변신한 모습일까?

아니었다. 그로부터 초마왕 루타나마스 특유의 가공스러

운 기운은 느껴지지 않았다.

그저 외모만 신비스러운 인간 청년일 뿐.

"너는 누구냐?"

"샤크."

"샤크?"

"그래. 설명하기 귀찮으니 그냥 시키는 대로 해라."

샤크는 인상을 살짝 찌푸리며 손을 흔들었다. 순간 테네
칸의 몸이 가루로 변해 흩어져 버렸다.

그와 동시에 그 자리에 다시 테네칸의 모습이 나타났다.
그것도 만신창이 상태로.

그의 안색은 경악으로 딱딱하게 굳어 있었다.

'으으, 이, 이럴 수가……!'

그렇다. 방금 전 사라진 것은 테네칸의 분신이었고, 지금
다시 나타난 것은 그의 본신이었다.

이곳 르메스 대륙으로부터 아득히 멀리 떨어진, 그야말
로 은밀한 대차원의 세계 한 곳에 위치한 그의 마궁에 있던
본신이 이곳으로 소환된 것이다.

이미 그의 마궁은 먼지로 화했고, 루트 오브 다크니스는
흔적도 없이 파괴되었다.

'으! 이게 대체 무슨 말도 안 되는 일이냐?'

분신이 파괴된 것이야 그렇다 치자.

그런데 루트 오브 다크니스에 숨어 있던 본신까지 이곳으로 불러오다니!

테네칸은 몸을 부들부들 떨었다. 정신이 아득해져 아무 생각도 떠오르지 않았다. 지금 이 순간 그는 험악한 도살자 앞에 놓인 무력한 고깃덩이에 불과할 뿐이었다.

"대, 대체 당신은 누구……?"

그러자 샤크가 싸늘히 웃었다.

"떨 것 없다. 너 따위를 내가 굳이 손볼 생각은 없으니까."

손을 본다는 건 물론 백룡구타술을 펼친다는 것을 의미한다.

예전 같았으면 샤크는 일단 테네칸에게 백룡구타술의 가공할 위력을 보여줬을 것이다. 그러나 지금은 아니다. 그는 한낱 하등한 존재에게 그런 번거로운 일을 할 필요를 느끼지 않았다.

마왕이 다른 이들에겐 대단한 존재일지 모르지만 혼돈자인 샤크에게는 마왕도 오크나 오우거 혹은 드래곤 등과 다를 바 없는 하찮은 존재일 뿐이니까.

"조만간 네 뒤에 있는 녀석이 날 찾아오겠지. 특별히 그놈은 내가 직접 손을 봐 주도록 하마."

샤크는 테네칸의 뒤에 초월자급 존재가 버티고 있음을 이미 직감했다.

그가 누군지는 아직 모른다.

다만 그는 일루전의 초월자들과 같은 사악한 유희를 즐기고 있는 게 분명했다.

'제길! 일루전과 같은 놈들은 어디에나 존재하는 건가?'

샤크로서는 그들이 왜 그런 사악한 유희를 즐기는지는 아직도 잘 모른다. 솔직히 이유가 있다 해도 그따위는 알고 싶지 않지만 말이다.

중요한 건 응징일 뿐!

협의를 거스르는 존재라면 그가 누구이든 절대 용서하지 않으리라.

샤크의 두 눈이 섬뜩하게 빛났다.

"테네칸! 네가 할 일은 네 부하들을 시켜 르메스 대륙의 모든 종족들이 크리오스 왕국으로 떠나도록 최대한 조장하는 것이다."

테네칸은 일순 멍한 표정을 지었다. 그로서는 샤크의 말이 도무지 이해가 되지 않았던 것이다.

르메스 대륙의 모든 종족들이 크리오스 왕국으로 가도록

조장하다니! 이게 대체 무슨 뜻일까?

그러나 그는 그 이유를 묻지 않았다. 마왕답게 그는 눈치가 빨랐다.

"예, 분부를 따르겠사옵니다."

지금 상황에서는 샤크의 의도가 무엇인지 아는 것이 중요한 것이 아니었다. 말 그대로 까라면 까는 무조건적인 복종만이 살길인 것이다.

순간 샤크가 삭막한 눈빛을 번뜩이며 다시 말했다.

"주의할 점은 최대한 공포스러운 분위기를 조장하되 절대 그들을 해쳐서는 안 된다는 것이다. 만일 이를 어기면 너는 죽는다."

"예. 명심하겠사옵니다."

테네칸은 넙죽 절하듯 꾸벅이며 대답했다. 그러고는 조심스레 고개를 들었다.

"또 다른 분부는 없으신지요. 뭐든 시켜만 주소서."

테네칸은 마치 주군을 향한 충정이 가득한 충신의 표정을 지어 보였다. 어떻게든 샤크에게 잘 보여 살겠다는 의지가 가득했다. 샤크는 담담히 웃으며 말했다.

"전설을 만들어라."

"전설이라시면?"

"지금부터 내가 말한 이들을 기억해 그들의 이름이 르메스 대륙의 전설이 되도록 해라. 그로 인해 르메스 대륙의 모든 종족들이 그들을 동경해 크리오스 왕국으로 향하게 해야 한다."

"예, 맡겨 주시옵소서."

테네칸은 공손히 고개를 숙이며 대답했다.

* * *

마왕 강림!

아아! 그야말로 충격적인 소문이 르메스 대륙을 휩쓸었다. 그것은 바로 르메스 대륙에 마왕이 강림했다는 소문이었다.

마왕 테네칸!

휘하에 무수한 마족과 마물들을 거느린 무서운 마왕이 바로 그였다.

그러나 그보다 더욱 충격적인 사실은 칼드 제국의 황제 베테트 3세의 정체가 바로 그라는 것!

"크카카카캇! 이제 때가 되었으니 짐의 진면목을 밝히겠다. 오늘로 르메스 대륙의 모든 국가는 사라진다. 이곳 대륙은 나 마왕 테네칸의 마계에 속하게 될 것이며, 너희 모두는 나의 영원한 권속이 되어야 할 것이다."

마왕이 스스로의 정체를 밝히며 마각을 드러냈다.

르메스 대륙이 마계로 편입되고, 대륙의 모든 종족들이 마왕의 권속이 되었다.

그로 인해 르메스 대륙은 지진이라도 난 듯 요동쳤다.

이미 마왕은 스스로의 정체를 드러내기 전부터 르메스 대륙을 완전히 장악한 터였다. 그 가공 무쌍한 능력을 가졌다는 드래곤들마저 마왕의 부하에 불과했으니, 과연 그 누가 감히 마왕과 맞설 수 있겠는가.

왕국들은 사라졌고 귀족들은 작위를 박탈당했으며, 영주들은 영지를 빼앗겼다. 그들 모두는 마족들과 마물들의 감시와 통제를 받으며 혹독한 노역을 해야 하는 신세가 되고 말았다.

이른바 암흑과 절망의 시대가 도래하였다.

아아, 고통과 비탄에 빠진 대륙이여!

정말로 이대로 대륙은 영원한 어둠 속에 빠져 버린 것인가? 정녕 새벽은 오지 않을 것인가?

인간과 이종족들은 자신들을 이 밤에서 구원해 줄 영웅이 나타나길 소원했지만 오히려 어둠은 짙어 가기만 했다.

오히려 사실인지 알 수 없는 끔찍한 소문들만 무성했다.

인간들이 하루에 수백 명씩 마왕의 식사거리가 되어 사라진다는 둥. 마족들과 마물들에게 죽임을 당한 인간들의 시체가 산을 이룬다는 둥······.

모두들 그 소문을 믿었다.

마왕이라면 충분히 그런 짓을 벌이고도 남을 테니까.

오오! 슬프도다!

어디를 봐도 차디찬 절망 뿐, 하늘이건 땅이건 희망은 보이지 않았으니.

이제 르메스 대륙에 있는 모든 인간들이 마왕의 음식이 되어 사라지거나 사악한 유희의 대상이 되어 죽게 될 것이다. 그 누구도 예외 없이 기약 없는 죽음의 차례만 기다려야 하리라.

그런데.

바로 그때 믿기지 않은 한 소문이 은밀히 대륙을 휩쓸었다.

다름 아닌 용자 리닌의 전설!

한낱 어린아이에 불과했던 리닌이 크리오스 왕국으로 건너가 전설의 용자가 되었다는 얘기였다.

용자는 마왕과 당당히 겨룰 수 있는 존재! 모두가 꿈에도 바라 마지않는 영웅이 바로 용자인 것이다.

그뿐인가?

카치카였던 거구즈와 거트가 크리오스 왕국에서는 저주를 벗어나 인간으로 변했다. 또한 그들은 엄청난 능력을 가진 가디언이 되어 용자 리닌을 보좌하고 있다고 했으니!

놀랍게도 마왕 테네칸이 그들을 매우 두려워하고 있다는 얘기도 있었다.

정말로 믿기지 않은 소문들이었지만, 르메스 대륙은 술렁였다.

'크리오스 왕국으로 가라!'

'평범한 자들도 크리오스 왕국에 가면 전설적인 존재가 될 수 있다!'

'누구든 크리오스 왕국에서는 저주에서 벗어날 뿐 아니라 새로운 운명을 얻게 된다!'

'그대! 사악한 마왕을 무찌를 용자가 되고 싶은가? 그럼 서쪽으로 가서 그대의 운명을 시험해 보라!'

'용자의 용맹한 가디언이 되고 싶은가? 주저 말고 안개 저편으로 건너가라!'

용자 리닌과 거구즈, 거트 등의 전설은 그야말로 황당무계한 얘기로 느껴졌지만, 그래도 사람들은 하나둘 서쪽으로 향하기 시작했다.

과연 크리오스 왕국은 희망의 땅이 분명할까?

그곳에 대한 모든 건 그저 소문이며 전설일 뿐이지 않은가?

아무것도 확신할 수 없었다. 크리오스 왕국은 말 그대로 미지의 세계에 불과하기 때문이다.

그러나 적어도 이 절망적인 르메스 대륙에 남아 있는 것보단 나으리라는 생각은 모두가 동일했다.

가자! 크리오스 왕국으로!

떠나자! 미지의 땅으로!

마왕의 노예로서 고통스럽게 살다 죽을 바에, 차라리 모험을 해 보자.

안개 저편, 서쪽으로!

희망이 있는 곳으로!

새로운 운명을 찾아서!

목숨을 걸고 안개를 건너가는 이들이 연이어 생겨났다. 그렇게 사라진 이들 중 단 한 명도 다시 돌아오지 못했지만, 모두들 안개 저편으로 가는 것을 주저하지 않았다.

르메스 대륙에 남아 있는 건 영원한 절망일 뿐이니까.

결국엔 마왕의 식사거리나 유희거리가 되어 죽어 버릴 운명이니까.

그렇게 르메스 대륙의 많은 이들이 서쪽으로 향하는 모습을 샤크는 담담한 미소를 지으며 지켜봤다.

'잘들 생각했다. 모두 가서 새로운 운명을 얻어라.'

물론 모두가 용자 혹은 용자의 가디언이 되지는 못할 것이다. 상당수의 존재들이 자격의 시험을 통과하지 못해 크리오스 왕국에서 추방당하게 될 테니까.

하지만 추방당한다 해도 그들에게 꼭 절망적인 것은 아니다.

용자나 용자의 가디언이 될 수 없을 뿐이지, 적어도 새로운 세계에서 새 출발을 하게 될 기회는 얻게 될 테니까. 또한 그간 그들을 속박하던 저주에서도 벗어나게 될 테니 말이다.

다른 무엇보다 자신에게 혹 주어졌을지도 모르는 용자로서의 운명을 시험할 기회를 가지게 된다. 그것이야말로 가장 의미가 있는 것이다.

그보다 저들은 알고나 있을까?

이 모든 상황을 샤크가 뒤에서 조종하고 있다는 사실을 말이다.

비록 마왕을 협박해서 벌인 일이긴 하지만, 이 또한 샤크의 신묘한 용하술이라 할 수 있었다.

굳이 일일이 강제하지 않아도 알아서 척척!

다들 자발적으로(?) 서쪽으로 건너가고 있으니 샤크로서는 그저 흐뭇할 뿐이었다.

그런데 그와 같은 일이 벌어지자 한 존재가 샤크의 앞에 모습을 드러냈으니!

다름 아닌 초마왕 루나타마스였다.

쿠우우우우우우—

르메스 대륙의 상공에 소용돌이가 생성됨과 동시에 환상처럼 나타난 그림자가 사방을 뒤덮었다.

그것은 거대한 여성의 얼굴 형상!

대체 얼마나 거대한 몸체를 가지고 있기에 얼굴의 그림자만으로 르메스 대륙을 뒤덮을 정도가 된다는 말인가?

그러다 보니 르메스 대륙에 있는 이들은 그저 하늘이 어두워졌다고만 느꼈을 뿐, 설마 어떤 거대한 존재가 그림자를 드리워 대륙의 상공을 가렸다고는 상상조차 하지 못했다.

그러나 테네칸은 마왕답게 초마왕 루나타마스의 강림을 본능적으로 간파하고는 몸을 떨었다.

'오! 드디어!'

동시에 그의 얼굴에 득의의 미소가 피어났다.

'크큿! 그분께서 오셨으니 네놈은 이제 끝났다.'

그는 샤크가 아무리 대단한 능력을 가졌다 해도 초마왕이 온 이상 끝장이라 생각했다. 그는 샤크가 틀림없이 패배할 것이라 확신했다.

그렇게 이제 모든 것은 본래대로 복귀되리라 생각하며 회심의 미소를 짓고 있는 그의 두 눈에 믿기지 않는 장면이 들어왔으니.

알 수 없는 빛이 번쩍하는 순간.

상공을 뒤덮은 음영이 무수한 조각으로 찢겨 나감과 동시에 웬 봉두난발의 여마왕이 만신창이 상태로 은발의 청년 앞에 고꾸라졌다.

'저, 저럴 수가!'

테네칸은 두 눈을 부릅떴다. 저 봉두난발의 여마왕은 초마왕 루나타마스의 본신이 분명했다. 비록 단 한 번 봤지만 그가 어찌 잊을 수 있을까?

'으으! 저건 말도 안 되는 일이다.'

대체 저 샤크라는 자가 누구이기에 초마왕 루나타마스를 무슨 짐승 사냥하듯 바닥으로 패대기쳐 버렸단 말인가?

그러나 테네칸은 그 이상의 상황은 파악하지 못했다.

그 사이 만신창이 상태의 루나타마스는 물론이고, 그를 오연히 내려다보고 있던 은발의 청년 샤크의 모습이 흔적도 없이 사라져 버렸기 때문이다.

Chapter 12

고독에서 벗어나다

으직! 으드드득!

찬란한 칠색빛깔의 날개가 뜯겨 나간 자리로 피 분수가 솟구쳐 나왔다.

"아아아아악!"

초마왕, 아니, 이제는 다시 마왕이 된 루나타마스는 생으로 자신의 날개가 뜯겨나가는 처절한 고통에 치를 떨었다.

'으윽! 차원력이 통제가 되지 않아. 이 무슨 말도 안 되는 일이……'

그녀는 오래도록 대마왕으로 군림해 오다 일순간 차원력을 다루게 되었고, 그로써 초월자적 존재인 초마왕이 될 수 있었다.

그런데 그녀를 초월자로 만들어 준 차원력이 그녀의 통제를 벗어나 제멋대로 움직이더니 흔적도 없이 사라져 버렸다.

게다가 그녀가 초월자가 되기 전까지 강력한 힘을 발휘하게 만들어 준 마왕의 날개마저 찢겨 나갔다. 그나마 미약하지만 남아 있는 마왕으로서의 선천마기가 아니었다면 그녀는 이미 차원의 먼지가 되어 스러져 버렸을 것이다.

그러나 그 또한 오래 버티지 못하리라. 그녀는 자신의 최후가 도래했음을 직감하고는 망연자실한 표정으로 샤크를 노려봤다.

"으으……! 불멸자인 나를 이렇게 만들다니! 너, 너는 대체 누구냐?"

그러자 샤크는 싸늘히 대답했다.

"불멸자라! 차원력 좀 다룬다고 너 스스로를 불멸자로 착각했나 보군."

샤크는 루나타마스가 초마왕의 경지에 올랐음을 한눈에 알아봤다. 그것은 그 역시 경험했던 바였기에, 루나타마스가 얼마나 엄청난 노력을 거쳤는지를 짐작하고 있었다.

물론 그렇다 해서 그녀에게 무슨 동정심을 가진 것은 아니었다. 과거에 그녀가 그 어떤 과정을 거쳐 초마왕이 됐든, 지금은 중요하지 않았으니까. 지금은 이 새로운 대차원의 세계에서 협의를 거스르는 사악한 존재일 뿐이다.

"일단 하나만 물어보자. 네가 초월자가 된 이상 마왕으로서의 파괴적인 욕망에서는 벗어났을 텐데, 대체 무엇 때문에 인간들에게 저주를 걸었지? 역시 유희였느냐?"

샤크는 르메스 대륙과 연결된 여러 인간들이나 이종족들에게 걸렸던 오랜 저주가 초마왕 루나타마스와 관련되어 있음을 간파한 터였다.

"……."

그러자 루나타마스는 잠시 침묵했다가 입을 열었다.

"글쎄! 그것을 유희라 할 것은 없겠지."

"유희가 아니라면 그런 짓을 벌인 이유는?"

"호호호! 초마왕인 내게 이유 따위가 왜 필요할까? 이유란 하등한 존재에게나 필요할 뿐, 무엇이든 내가 하고자 하는 것에는 나의 의지만 있으면 족하다. 그보다 너 또한 초월자인데 왜 나를 공격했느냐? 초월자 간에는 상호불가침의 룰이 존재한다는 것을 잊은 건가?"

그 말에 샤크는 탄식했다.

"넌 그저 운 좋게 차원력의 힘을 다루게 됐을 뿐 별로 달라진 게 없구나. 마왕으로서의 숙명을 벗어나 초월자가 되었다면 적어도 초월자다운 삶을 살았어야 했다."

루나타마스가 인상을 구겼다.

"초월자다운 삶?"

"그래."

"그게 뭔데?"

"특별히 정해진 건 없다. 네가 무엇을 하든 너의 자유이니까. 다만 적어도 협의를 거스르는 짓은 하지 말아야 했다는 것이다."

"협의라고?"

"특별한 이유도 없이 연약한 존재들을 상대로 차원력의 힘을 마구 휘두르는 건 협의를 벗어난 일이니까."

"뭐라? 설마 그따위 말도 안 되는 이유로 나를 공격한 것이냐?"

루나타마스는 기막혀하는 표정을 지었다. 그녀는 자신이 곧 소멸될 것임을 알고 있었기에, 샤크가 왜 자신을 죽이려 했는지 그 이유를 알고 싶었던 것이다.

그런데 고작 하찮은 인간들에게 저주 좀 걸었다는 이유라니!

그것은 인간으로 치자면 개미굴 한 번 뒤엎었다는 것으

로 사형 선고를 받은 것이나 다름없었던 것이다.

"혐의 따위는 하찮은 인간들에게나 필요한 룰일 뿐, 초월자인 나를 네가 무슨 자격으로 심판한다는 말이냐?"

그러자 샤크는 담담히 웃으며 대답했다.

"무질서하고 방만하게 날뛰는 차원력의 힘을 흩어 버리고 제대로 된 질서를 잡는 것! 그것이 바로 혼돈이다."

"호, 혼돈이라면? 서, 설마 너는 그 힘을……?"

"네가 짐작하는 대로다."

샤크가 고개를 끄덕이자 루나타마스의 표정에는 다시 불신의 빛이 가득했다.

그녀는 샤크가 말한 혼돈력이 무엇인지 떠올린 것이다. 그녀가 초마왕이 된 이후에도 감히 접근조차 할 수 없던 극한의 벽이 있는 곳!

그곳에 차원력 따위와는 비할 수 없이 강력한 혼돈의 힘이 존재하고 있다는 사실을 초월자들이라면 대부분 알고 있기 때문에 샤크의 말이 쉽게 믿어지지 않았다.

그런데 그 미증유의 혼돈력을 다룰 수 있는 이가 존재할 줄이야.

어쩐지 초마왕인 자신이 너무도 무력하게 당했다 싶더니 설마 혼돈의 지배자였던 말인가.

차원력이 아무리 대단한 힘이라 해도 저 가공스러운 혼돈력 앞에서는 그저 한낱 미풍과 다를 바 없음을 초마왕인 그녀는 몸소 체험하고 있었다.

샤크 앞에서 차원력이 먼지처럼 흩어져 버렸고, 초마왕인 그녀가 한낱 마물처럼 보잘것없는 존재로 전락해 버린 것이 바로 그것을 증명했다.

'끄, 끝장이야…….'

루나타마스는 아득한 절망을 느끼며 그대로 정신을 잃었다.

츠츠츠—

그 순간 루나타마스의 몸이 흐물흐물 녹는가 싶더니 칠색의 연기로 화해 샤크의 왼팔에 장착된 팔찌 속으로 스며들었다.

'그곳에 얌전히 있어라. 널 살려 둘지 말지는 추후에 결정하도록 하겠다.'

그렇다. 루나타마스는 죽은 것이 아니라 팔찌 안에 갇힌 상태였다. 또한 그녀가 초마왕으로서 보유하고 있던 차원력은 팔찌에 흡수되어 봉인되어 버렸다.

가히 미증유라 할 수 있는 차원력이 봉인된 팔찌!

그 안은 일종의 무한한 결계 공간으로 이루어져 있었는

데, 그곳에서 루나타마스는 의식을 잃고 잠들어 있었다. 샤크가 소환하지 않는다면 영원히 그 안에서 잠들어 있게 될 것이다.

츠츳!

그 사이 샤크는 루나타마스의 몸에서 뜯어낸 날개를 장검의 형태로 변형시킨 후 허리에 찼다.

한때 초마왕의 경지에까지 이른 루나타마스의 몸에서 나온 것이다 보니 보통의 마왕들이 가진 날개와는 비할 수 없이 강력한 위력을 발휘할 것이다.

그러나 혼돈자인 샤크에게 군이 이런 무기가 필요할 리는 없었다.

'이건 카렌에게 선물로 줘야겠군.'

그래도 20년 만에 환야로 돌아가는데 빈손으로 갈 수는 없지 않은가. 샤크는 카렌에게 줄 소소한(?) 선물을 하나 마련한 것뿐이다.

'그 전에 크리오스 왕국부터 가 볼까?'

이제 르메스 대륙에서 할 일은 다했으니 더 이상 지체할 필요가 없으리라.

한편 샤크의 모습이 다시 나타나자 테네칸은 예의 공손하기 그지없는 표정으로 변해 눈치를 보기 바빴다. 그런 그를 향해 샤크가 싸늘한 눈빛을 번뜩이며 말했다.

"잊지 마라, 테네칸! 르메스 대륙뿐 아니라 포탈들로 연결된 다른 대륙에 있는 자들도 크리오스 왕국으로 이동하게 하는 것이 너의 임무다."

"예, 맡겨 주시옵소서!"

테네칸은 오체투지의 자세로 절을 했다. 잠시 후 그가 조심스레 고개를 들었을 때 샤크의 모습은 사라지고 없었지만, 그는 샤크의 말을 잊지 않았다.

'어서 움직여야 한다.'

그의 머릿속에 다른 생각은 전혀 떠오르지 않았다. 초마왕 루나타마스를 손짓 한 번에 해치워 버린 그 가공할 존재의 명령 수행을 거부했다간 어떤 끔찍한 일이 벌어질지 상상이 가지 않았으니까.

* * *

스스스—

잠시 후 샤크는 크리오스 왕국으로 진입했다.

물론 그 전에 무려 20년 동안이나 자신을 요리사로 부려먹은 괘씸한 드래곤 안젤루스를 안개 저편으로 집어던지는 것도 잊지 않았다.

레드 드래곤 수피겔도 마찬가지.

그들은 지금 모든 능력을 상실한 후 진룡으로서의 새로운 운명을 얻었고, 예전 흑룡 등이 그랬듯이 슬라임들과 전투를 벌이고 있었다.

이후로 그들의 삶은 어떻게 펼쳐질까?

그거야 그들이 알아서 할 일이지만, 샤크는 머지않아 그들이 용자의 가디언이 될 것임을 직감했다.

스스스—

어느새 샤크 또한 안개 저편으로 이동했다.

본래라면 크리오스 왕국으로 진입하는 순간 누구든 모든 능력을 상실하고 새로운 운명을 얻어야 정상이겠지만, 샤크는 예외였다.

크리오스 왕국에 존재하는 신비한 힘!

그것은 초월자에게는 통하지 않는 것이었으니까.

하물며 혼돈자의 경지에 이른 샤크에게는 더더욱 미치지 못했다.

대신 샤크의 앞으로 푸른빛의 망토를 두른 아름다운 여인이 나타나 환한 미소를 지었다.

"드디어 오셨군요. 당신이 오시길 모두가 기다리고 있었답니다. 저는 루나이스라고 해요."

"샤크라 하오."

샤크 또한 미소 지었다. 그는 그녀의 얼굴을 기억했다. 직접 본 것이 아니라 흑룡을 통해 보았던 것이다.

자격의 용자 루나이스!

물론 그녀가 보통의 용자가 아닌 초월자란 사실도 알고 있었다.

그때 루나이스가 샤크를 뚫어져라 보며 두 눈을 부릅떴다. 뭔가 깜짝 놀랐는지 그녀의 눈빛이 크게 흔들렸다.

"아아, 진정 놀랍군요, 샤크님. 당신이 매우 특별한 초월 자일 것이란 생각은 했지만, 이 정도일 줄은 몰랐어요. 설마 그분들과 비슷한 기운을 풍길 줄이야."

그 말에 이번엔 샤크가 놀랐다. 이곳에 자신과 비슷한 기운을 풍기는 이가 존재한다는 말 때문이었다.

'설마 이곳에 혼돈력을 다룰 줄 아는 이가 있는 건가?'

물론 샤크는 세상에 오직 그 자신만 혼돈력을 다룰 수 있으리란 생각은 하지 않았다. 그렇다 해도 이 크리오스 왕국에 혼돈자가 있을 것이란 예상은 하지 못했기에 내심 긴장이 되지 않을 수 없었다.

"그들이 누구요? 나와 비슷한 기운을 풍기는 자들이 있다니, 한 번 만나 보고 싶소."

그러자 루나이스가 고개를 흔들었다.

"그 분들의 행적은 바람과 같아 저로서는 알지 못해요."

"그럼 이곳에 존재하는 이질적인 기운에 대해 내게 설명해 줄 수 있겠소?"

샤크가 말하는 이질적인 기운이란 이곳 크리오스 왕국에만 존재하는 신비한 힘이었다. 혼돈력을 다룰 수 있는 지금에도 그것의 정체를 파악할 수 없었던 것이다.

그러자 루나이스가 두 눈에 이채를 발했다.

"미스토스를 말씀하시는군요."

"그렇소."

샤크 역시 이 신비한 힘의 정체가 미스토스라는 사실은 흑룡을 통해 이미 알고 있긴 했다.

다만 그것뿐이었다. 미스토스가 대체 어디서 온 것인지, 그것을 어떻게 활용할 수 있는지에 대해서는 파악하기가 쉽지 않았다. 흑룡처럼 몬스터를 해치워야 쌓이는 것일까?

루나이스가 미소 지었다.

"고대에 이곳 크리오스 왕국은 거신이라 불리는 타락한 전사들이 지배하고 있었죠. 본래는 평범한 인간이나 이종족이었던 그들은 어떤 특별한 힘에 의해 몬스터를 해치울 때마다 강해지기 시작했고, 급기야 거신의 능력을 갖게 된 것이죠."

"그 특별한 힘이 바로 미스토스라는 것이오?"

"네, 당시 자크 칼로스 님께서 미스토스의 원천을 찾아 내셨어요."

"자크 칼로스?"

"그는 바로 당신과 같이 특별한 기운을 가진 존재이죠. 저희 초월자들은 그와 또 한 분을 일컬어 절대초월자라 부르고 있어요."

그러니까 혼돈자를 절대초월자라 부르는 듯했다. 샤크는 그중 한 명의 이름을 알게 되었다.

자크 칼로스!

루나이스는 그가 두 명의 절대초월자 중 하나라 했다. 그럼 또 다른 절대초월자는 누구일까?

바로 그때였다.

루나이스가 돌연 눈을 크게 뜨더니 상기된 표정으로 말했다.

"아아, 이럴 수가! 지금 흑제 무혼 님이 이곳에 오셨어요."

"흑제 무혼?"

"그분 역시 절대초월자 중 한 분이세요. 저를 따라오세요. 당신의 모든 궁금증은 그분을 만나면 풀릴 거예요."

"그럼 안내하시오."

혼돈력을 가진 존재가 왔다니. 샤크로서는 내심 긴장이 되었다.

초월자들의 위에 군림하는 절대초월자 무혼!

흑제(黑帝)라 불리는 그는 과연 얼마나 대단한 능력을 가지고 있는 것일까?

스스스—

그 사이 주변의 지형이 변했고, 샤크는 백여 채의 가옥으로 이루어진 한 마을 앞에 서 있었다.

평범해 보이는 마을이지만, 결코 평범하지 않았다.

'초월자가 무려 백 명이 넘게 있군.'

놀랍게도 이 마을에 거주하는 모든 이가 초월자였던 것이다.

그러나 샤크의 가슴을 뛰게 만든 것은 그들이 아니었다. 혼돈력을 가진 그에게 초월자 1백여 명 정도는 별다른 위협적인 존재가 되지 못하기 때문이다.

'저곳에서 혼돈력이 느껴진다.'

샤크의 시선은 한 건물에 고정되어 있었다. 그런 그를 보고 루나이스가 미소 지었다.

"그 분께서 당신을 기다리고 계시니 들어가 보세요."

"알았소."

샤크는 지체 없이 걸어가 건물의 문을 열었다.

안으로 들어가자 강렬한 주향(酒香)이 물씬 풍겼다.

'술집?'

이 건물은 마을의 초월자들이 간혹 들러 술을 마시는 장소였다. 십여 개의 테이블은 창가 한 곳을 제외하고는 비어 있었다.

창가에 앉아 술을 마시고 있는 흑의 무복인.

얼굴의 선이 굵고 강인한 눈매를 가진 미청년.

칠흑 같은 흑발을 나부끼고 있는 그 청년을 보는 순간 샤크는 단번에 그가 혼돈자 즉, 절대초월자임을 알아봤다.

청년 또한 샤크가 술집 안으로 들어서는 순간 고개를 돌려 샤크를 쳐다봤다. 청년은 곧바로 자리에서 일어나 말했다.

"나는 무혼."

부드럽지만 중후한 음성. 자연스러운 반말. 그러나 샤크는 그 말이 전혀 거슬리지 않았다. 오히려 당연하게 느껴졌다.

"나는 샤크."

샤크의 입에서도 자연스러운 반말이 나왔다. 무혼의 입가에 부드러운 호선이 그어졌다.

"술 한 잔 어떤가?"

"좋아."

"그럼 와서 앉게."

"그러지."

샤크는 걸어가 무혼의 앞에 앉았다. 이미 샤크가 들어올 것을 알고 있었다는 듯 테이블 위에는 두 개의 술잔이 놓여 있었다.

"받게."

쪼르륵.

무혼이 먼저 술을 따랐다. 잔을 받은 샤크는 단숨에 그것을 마신 후 곧바로 무혼의 잔에 술을 채웠다.

"자네도."

쪼륵.

몇 순배의 술이 돌았을까? 둘은 말없이 술만 마셨다.

특별한 대화를 하지 않아도 알 수 있었다.

상대가 어떤 존재인지를 말이다.

처음 만났는데 이토록 친숙한 느낌이라니.

둘은 서로가 마치 오랜 친구처럼 편했다.

시공초월! 진정으로 통하는 친구를 만났다. 이 어찌 기쁘지 않겠는가.

그것은 물론 둘 다 혼돈력을 다룰 수 있는 절대초월자라는 공통점에서 기인한 것도 있지만, 그보다는 서로의 기질이 무척이나 비슷했기 때문이었다.

샤크는 무혼을 보는 순간 그동안 그토록 바라 마지않았던 협의지사의 모습을 보는 듯해 크게 놀랐다.

그것은 무혼 역시 마찬가지.

그는 샤크의 고집스러운 두 눈에서 피어나는 투명한 빛을 보는 순간, 샤크야말로 그가 진정으로 추구하던 이상적인 협사의 화신이 아닐까 하는 생각이 들었던 것이다.

그러다 보니 냉막한 인상의 무혼의 입가에는 연신 미소가 그치지 않았다.

"이봐, 샤크. 내가 오늘 어쩐지 이곳에 오고 싶더니, 그건 바로 자네를 만나기 위함이었던 것이 분명해."

"그건 나도 마찬가지야. 환야로 돌아가기 전에 이곳에 방문하길 잘했다는 생각이 드는군."

그러자 무혼이 두 눈을 휘둥그레 크게 떴다.

"지금 환야라 했나?"

"그러네. 그곳이 내가 태어난 곳이며 돌아가야 할 곳이지. 무슨 문제라도 있는 건가?"

"하하! 어찌 그게 문제이겠는가? 오히려 잘됐군. 환야에 자네가 있으니 내가 굳이 수고를 할 필요가 없겠어."

무혼은 호탕하게 웃으며 말을 이었다.

"다름 아니라 자크 녀석이 얼마 전 환야에서 우연히 미스토스의 원천을 발견했다지 뭔가."

"미스토스의 원천?"

"말 그대로 미스토스가 솟아나오는 샘물과 같은 곳이지. 그것을 활용하면 환야에도 이곳 크리오스 왕국과 같은 특별한 세계를 만들 수 있다네. 자크 녀석이 자기는 바쁘니 나보고 가서 그 일을 해 줄 수 없냐며 부탁했는데, 환야는 샤크 자네의 영역이니 나로서는 큰 짐을 덜게 됐군."

무혼은 매우 기뻐하는 표정이었다. 샤크는 떨떠름한 표정으로 물었다.

"그러고 보니 그 자크라는 친구는 자네와 더불어 두 명의 절대초월자 중 하나인 자로군."

"잘 알고 있군. 아마 자네도 자크를 만나면 무척 마음에 들어 할 거야. 세상에 그토록 열심히 사는 녀석도 드물거든."

"호오! 꽤나 부지런한 성격인가?"

무혼은 고개를 끄덕였다.

"말도 말게. 자크는 나보다 먼저 절대초월자가 된 녀석이야. 녀석은 이 방대한 대차원의 세계들을 연구해 차원의 서(書)를 저술하기도 했어. 또한 오르덴들의 로드인 야황이 유일하게 마스터라 부르는 존재가 바로 그 녀석이라네."

"대단하군."

신비에 가려진 오르덴들의 로드가 존재한다는 것도 놀라운 일인데, 그의 이름이 야황이라는 것과, 그가 자크를 마스터라 부른다는 사실은 무척이나 놀라운 일이었다.

그러던 무혼이 문득 인상을 찡그리며 말했다.

"그러나 문제는 있어. 자크 녀석은 내가 좀 쉴 만하다 싶으면 찾아와 도와 달라고 부탁을 한단 말이야. 모두 거절할 수 없는 정의로운 부탁이다 보니 안 할 수도 없고, 그 녀석 일을 도와주다 보면 내가 도무지 쉴 틈이 없단 말일세. 아무튼 자네도 가능한 녀석과 마주치지 않는 게 좋을 거야."

"대체 어떤 부탁인데 그런가? 절대초월자인 자네가 그리 골머리를 앓을 정도로 어려운 일이 존재하는가?"

샤크는 무혼의 말이 잘 이해가 되지 않았다. 혼돈력을 가진 무혼에게 골머리를 썩일 만큼 어려운 일이 대체 무엇일까 싶어서였다.

그러자 무혼이 한숨을 내쉬며 지으며 말했다.

"후, 샤크 자네는 크리오스 왕국과 같은 세계를 새로 만든다는 것이 얼마나 어려운 일인지 아직 모르겠군. 그건 미스토스의 원천만 있다고 되는 것이 아니라네. 적어도 초월자가 백 명 정도는 있어야 유지할 수 있기 때문이야."

그 말에 샤크는 놀란 표정을 지었다. 새로운 세계를 유지하는 데 초월자가 백 명 넘게 필요하다니. 그제야 이곳 마을에 초월자만 백 명이 넘게 거주하고 있는 이유를 짐작할 수 있었다.

그렇다.

바로 이 마을에 있는 백여 명의 초월자들이 신비한 크리오스 왕국의 모든 것을 관장하고 있는 것이었다.

샤크는 물었다.

"좋아. 그건 그렇다 치지. 대체 자네들이 크리오스 왕국과 같은 세계를 만드는 이유는?"

그러자 무혼이 씩 웃었다.

"이미 알고 있으면서 뭘 묻는 건가? 왕국에 들어온 이들에게 새로운 운명을 부여하기 위함이지. 미스토스의 힘을 통해 말이야. 그로 인해 용자와 용자의 가디언들이 무수히

탄생하고 있으니 무척이나 보람 있는 일 아니겠는가."

"그건 그렇군."

샤크는 미소 지었다. 무혼의 말대로 그 역시 이미 알고 있는 사실이었지만, 다시 한 번 확인해 본 것이었다.

"그러니까 진정한 협의지사들을 길러 내는 특별한 세계를 창조한다는 것이 아닌가?"

"바로 그거네."

무혼은 끄덕였고 샤크의 심장은 세차게 뛰었다.

협의지사들을 길러 낸다!

정녕 그런 것이라면 아무리 번거롭고 귀찮다 해도 어찌 마다하겠는가.

그야말로 샤크가 전전생의 백룡 시절부터 그토록 추구하던 이상적인 일이 아닌가.

그런 특별한 세계를 미스토스를 통해 창조해 낼 수 있다니, 그는 그야말로 꿈만 같았다.

샤크는 주먹을 불끈 쥐며 말했다.

"어서 내게 알려 주게. 미스토스를 통해 어떻게 그러한 세계를 창조할 수 있는지. 대신 나도 자네에게 특별한 걸 전수해 줄 테니까."

"특별한 것?"

"용하술이라는 것이지. 자네라면 나의 용하술을 배울 만한 자격이 있거든. 간단히 설명하자면 부하들이 뭐든 알아서 척척 하게 만든다. 이런 거야. 어떤가?"

그러자 무혼의 두 눈에 이채가 어렸다. 그는 흥미롭다는 듯 짙은 미소를 피우며 말했다.

"후후, 초월자 녀석들에게도 통할지 모르겠지만 가르쳐 준다니 나야 고맙지."

"당연히 통해. 초월자들이라 해도 예외는 없다. 백룡구타술까지 곁들인다면 말이야."

"흠, 백룡구타술이라. 제법 흥미진진해 보이는군. 어쨌든 미스토스로 세계를 창조하는 건 그리 어렵지 않아. 샤크 자네의 능력이라면 손바닥 뒤집듯 쉬운 일이니까. 문제는 그 세계를 지탱할 초월자들을 찾아내 설득하는 일이지. 특히 은밀히 숨어 있는 초월자들을 찾아내는 건 보통일이 아니거든. 아! 그러고 보니 용하술을 가진 자네라면 쉬울지도 모르겠군."

"그야 물론이지."

샤크는 속으로 회심의 미소를 지었다. 그러고 보니 환야에는 아직 1백여 명의 일루전들이 살아 있을 것이다.

그러나 그들의 차원력은 몽땅 샤크가 가지고 있기에 초

월자의 능력을 발휘하기는 힘든 상태.

물론 지난 20년 사이 약간의 차원력을 회복했을지도 모
르지만, 그 정도로는 강력한 초월자의 능력을 발휘하기란
불가능할 것이다.

'그들을 설득해야겠구나.'

차원력을 돌려주는 조건이라면 일루전들은 샤크의 일에
무조건적인 협조를 할 것이다.

물론 좋게 말해서 협조이지, 실제로는 명령에 복종하는
것이겠지만.

샤크는 선량한 초월자들에게는 최대한 정중하게 부탁을
하며 협조를 구할 것이다. 그러나 일루전과 같은 막돼먹은
녀석들에게는 그런 예의를 차릴 필요가 없이 백룡구타술로
해결하면 되는 일이었다.

"자, 어서 내게 그 방법을 설명해 주게."

"좋아."

한동안 무혼은 샤크에게 미스토스를 활용해 크리오스 왕
국과 같은 세계를 만드는 방법을 알려 주었다. 그것은 오직
혼돈력을 다룰 수 있는 절대초월자만이 가능한 일이었다.

"그런 신비한 영역이 존재하다니 놀랍군. 무혼! 자네는
이미 미스토스 세계를 만들어 봤나?"

"물론이네. 내가 있는 차원의 바다에만 크리오스 왕국 같은 세계가 두 곳이나 존재하지. 자네도 환야의 일을 마치면 차원의 바다에 한 번 놀러 오게."

"좋아. 기대되는군."

무혼은 차원의 바다에서 주로 활동하고 있었다. 차원의 바다 또한 환야와 같은 무한의 세계로, 그 끝없이 펼쳐진 바다에는 무수한 소세계들이 섬처럼 부유하고 있다고 했는데, 샤크도 이미 들어서 알고 있던 바였다.

"다른 소모되는 힘들과 달리 미스토스는 많이 사용할수록 오히려 늘어난다네. 활용을 하면 할수록 미스토스의 경계는 확장될 거야."

"정말 들을수록 신비한 힘이로군. 근데 그 미스토스의 원천이란 것은 언제 생겨나는 건가?"

"그건 나도 모르네. 미스토스의 원천은 원래 없던 곳에 홀연히 나타나기도 하지만 금방 없어지기도 하니까 말이야. 따라서 그곳에 재빨리 새로운 세계를 창조하지 않으면 두 번 다시 그 기회를 얻지 못할 수도 있어."

"흠."

무혼의 말에 샤크는 내심 조급해졌다. 자칫하면 환야에 크리오스 왕국과 같은 세계를 창조할 기회를 영원히 놓칠 수도 있어서였다.

"그렇다면 서둘러야겠군."

"그래야지. 이 잔까지만 마시고 일어나자고. 그렇지 않아도 환야라는 곳에 한 번 가 보고 싶었는데 말이야."

그 말에 샤크의 두 눈이 휘둥그레 커졌다.

"무혼, 자네도 따라올 생각인가?"

"후후, 자네가 과연 얼마나 멋진 세계를 창조하는지 옆에서 구경 좀 하고 싶어서 말이야. 그럼 안 되나?"

"안 될 것은 없지. 옆에서 도와준다면 무척 고맙겠군."

그러자 무혼이 슬쩍 떨떠름한 표정을 지었다.

"뭐지? 자네도 자크 녀석처럼 날 부려 먹고 싶은 모양이로군. 아니면, 이게 혹시 그 용하술인가?"

샤크는 움찔했다. 그걸 간파하다니! 확실히 무혼의 눈치는 빨랐던 것이다. 샤크는 재빨리 웃으며 말했다.

"하하! 아니야. 그냥 구경이나 하게. 친구를 부려 먹고 싶은 생각은 없다네."

물론 이것이 샤크의 진심이었다. 특별히 도움을 주지 않고 그냥 옆에 있어 주기만 해도 힘이 되는 존재. 그것이 바로 친구 아니겠는가.

절대초월자 무혼!

그리고 조만간 만나게 될 또 다른 절대초월자 자크!

그들이 있어 샤크는 더 이상 외롭지 않을 것이다.

이 무한의 세계에서 더 이상 홀로 외롭지 않아도 된다는 것이 얼마나 다행인지 모른다.

Chapter 13

혼돈자의 의지

클라우드 대륙.

먼터 왕국 중부 오마다 영지 서쪽의 붉은 숲.

새벽의 미명이 밝아오는 어둑한 숲의 중앙에는 피처럼 붉은 머리카락을 가진 한 청년이 눈을 감고 정좌해 있었다. 그의 앞에는 푸른 검신의 대검이 놓여 있었는데 검으로부터 피어나는 은은한 기운이 심상치 않았다.

번쩍!

일순 청년이 두 눈을 뜨고 앞을 쳐다봤다.

그의 앞으로 수십여 명의 무사들이 걸어오더니 우뚝 멈춰 섰다. 건장한 체격에 모두 두 눈에서 정광이 반짝이는 모습이 상당한 수련을 거친 자들임이 분명했다.

"스승님, 부르셨습니까?"

선두에 있던 중년 사내가 고개를 숙이며 공손히 말했다. 청년이 고개를 끄덕였다.

"모두 모였느냐?"

"예, 스승님."

나이가 중년을 넘어서는 사내들이 20대 청년을 향해 스승이라 부르다니. 대체 청년의 정체는 무엇이란 말인가?

청년이 붉은 머리를 쓸어 넘기며 말했다.

"너희 중 소드 마스터가 아닌 이가 있느냐?"

"……."

그러자 무사들은 아무런 대답도 하지 않았다. 놀랍게도 그들 중 소드 마스터의 경지에 이르지 못한 이는 아무도 없었기 때문이다.

청년이 다시 물었다.

"너희 중 그랜드 마스터의 경지에 이른 이는 몇이냐?"

그러자 무사들 중 다섯이 조심스레 손을 들었다. 믿을 수 없게도 그들 중 무려 다섯 명이 소드 마스터의 경지를 넘어서 인간 중 초인이라 불리는 그랜드 마스터의 경지에 이르러 있었던 것이다.

그러나 그들을 바라보는 청년의 표정은 씁쓸하기만 했
다.

"지난 이십 년간 내가 직접 가르친 너희들은 단연코 클
라우드 대륙 최강의 검사들이라 할 수 있다. 너희들이 작
정하면 헬레이스 제국을 멸망시키고 새로운 제국을 세우는
것도 손바닥 뒤집듯 쉬운 일이겠지."

그것은 당연한 말이었다. 소드 마스터 수십 명에 그랜드
마스터가 다섯이나 있다. 이들 정도면 헬레이스 제국 뿐 아
니라 클라우드 대륙 전체와 싸워도 충분히 승산이 있으리
라.

"하나 그래 봤자 너희들은 우물 안의 개구리들일 뿐이
다. 지금 이곳 클라우드 대륙으로 몰려오고 있는 이들은 너
희로서는 상상도 할 수 없는 무서운 능력을 지녔기 때문이
다."

그러자 무사들이 깜짝 놀란 표정을 지었다. 그들은 청년
즉, 자신들의 스승의 말을 믿기 힘들었던 것이다.

"어찌 그럴 수가!"

"믿을 수 없습니다, 스승님."

그들이 누구에게 검술을 배웠던가. 저 앞에 앉아 있는 붉
은 머리의 청년이 누구이던가.

그의 외모는 젊어 보이지만 실제 나이가 몇인지 제자들은 알지 못했다. 수십여 년 전부터 클라우드 대륙 최강의 검사라 불리던 그였으니까.

붉은 숲의 검사 라우벤!

전설의 검사이자 지금은 용자라 불리는 라우벤이 바로 청년의 정체인 것이다.

그런 라우벤의 지도 아래 지난 20년 동안 혹독한 수련을 해 왔던 그들로서는, 자신들로서는 감당할 수 없는 존재들이 클라우드 대륙을 향해 몰려온다는 사실을 쉽게 받아들이기 힘들었다.

라우벤이 싸늘히 웃으며 말했다.

"너희들은 내 말을 믿기 힘들 것이다. 그러나 너희가 믿건, 믿지 않건 나의 말은 사실이다. 솔직히 말하자면 나 역시 이곳을 노리는 그들의 적수가 될 수 없다."

쿠웅!

라우벤의 말은 청천벽력과도 같았다. 제자들에게 있어 라우벤은 가히 신과 같은 존재였기 때문이다.

그들이 가고자 하는 길의 끝에 라우벤이 위치해 있었다. 살아생전 그의 그림자라도 밟아 보는 것이 그들의 소원일 정도였다.

그랜드 마스터의 경지를 몇 단계나 초월한 라우벤의 실력이 어느 정도인지 그들로서는 상상도 하지 못했다.

듣기로는 사악한 마왕들도 라우벤의 검 앞에 맥을 못 추고 쓰러진다고 했으니 말이다.

그런데 그런 엄청난 실력을 지닌 라우벤이 싸우기도 전부터 패배를 확신하고 있을 줄이야.

제자들의 안색이 창백하게 변한 것을 보고 라우벤은 씁쓸히 웃으며 말했다.

"내가 너희들을 모이라 한 것은 나의 마지막 당부를 하기 위함이다. 너희는 이제 이곳 클라우드 대륙을 떠나 아디란 대륙으로 가라."

"아디란 대륙이 어디입니까?"

"방대한 대차원의 세계인 환야에 속한 소세계중 한 곳이다. 용자 플로라라면 너희들을 보호해 줄 것이다. 그곳에서 너희는 꾸준히 수련을 해서 강해져야 한다. 그리고 언제고 나를 뛰어넘은 강자가 되어 환야의 사악한 적들과 맞서기를 바란다."

"그럴 수 없습니다, 스승님!"

"저희는 떠나지 않겠습니다."

"미력하나마 스승님을 도와 적과 맞서 싸우겠습니다."

제자들이 일제히 무릎을 꿇었다. 그러자 라우벤이 호통을 쳤다.

"어리석은 놈들! 너희 따위가 내 옆에 있다 한들 무슨 도움이 될 것 같으냐?"

라우벤은 조급한 표정이었다. 그에게 홀연히 날아든 서신에 적힌 이름은 그로서는 죽었다 깨도 감당할 수 없는 무서운 존재였기 때문이다.

곧 클라우드 대륙을 접수하겠다.

순순히 굴복하면 대륙에 혈풍은 불지 않으리라.

—절대용자 르티아

르티아가 누구인지 라우벤이 어찌 모를까?

그가 얼마나 무서운 존재인지도 아주 잘 알고 있었다.

타락한 절대용자!

게다가 일루전의 초월적 능력까지 보유한 그 앞에서는 아무리 라우벤이라 해도 승산 자체가 없었던 것이다.

'지난 이십 년간 아무리 노력해도 차원력의 근처에도 가지 못했다.'

아쉽게도 라우벤은 각고의 노력을 통해 초월자의 경지에

오르고자 노력했지만 실패했다. 여전히 그에게 있어 차원력은 아득히 먼 곳에 위치한 꿈의 영역에 속해 있을 뿐이었다.

이 상태로 초월자적 능력을 지닌 르티아와 어찌 맞서 싸울 수 있겠는가.

무슨 이변이 없는 한 클라우드 대륙은 르티아의 손아귀에 놓이게 될 것이며, 라우벤은 죽임을 당할 수밖에 없는 처지였다.

그렇다 해도 그는 도주하지 않고 당당히 죽음을 맞이할 생각이었다. 대신 후일을 기약하기 위해 제자들을 다른 대륙으로 보내려는 것이다.

아디란 대륙에서 플로라의 지도 아래 용자 수련을 하고 있는 손녀 로니안에게 이 사실을 알리지 않은 것도 바로 그 이유 때문이었다.

만일 클라우드 대륙이 위기에 처한 걸 안다면 로니안은 죽음을 무릅쓰고라도 달려올 테니 말이다.

그러나 라우벤의 제자들은 그의 뜻을 따르지 않았다.

"크흑! 스승님! 여기서 저희가 떠난다면 그것이야말로 스승님의 가르침을 어기는 것이 될 것입니다."

"그렇습니다. 저희가 어찌 죽음이 두려워 스승님을 버리고 떠나겠습니까?"

"스승님께서 죽으신다면 저희도 죽겠습니다."

"스승님께서 항상 강조하시던 협의! 저희더러 그것을 저 버리란 말씀이신지요."

제자들의 표정은 비장했다. 그들은 마치 약속이라도 한 듯 일제히 자신들의 검을 덮고 있던 검집을 벗겨 바닥으로 던져 버렸다.

검집을 버린다는 것!

그것은 죽음을 불사한 마지막 전투를 벌이겠다는 의지의 표현이었다.

이글거리듯 타오르는 제자들의 눈빛을 보며 라우벤은 잠시 멍한 표정을 지었지만 이내 입가에 미소를 그렸다.

'그래. 적어도 내가 제자들을 잘못 키우진 않았구나.'

본래 후일을 도모하기 위해 보내려 했다.

그러나 그것은 제자들의 심정을 고려하지 않은 라우벤의 욕심일 뿐이었다.

스승의 죽음을 빤히 알고도 살고자 도주해야 한다면?

그렇게 후일을 도모하게 하는 것이 정말로 그들을 위한 것일까?

그렇지 않다. 그것이 얼마나 고통스러운 일인지 라우벤

은 스스로 체감하지 않았던가.

'로드께서 그렇게 가신 후 나는 살아 있다는 것 자체가 저주와 같았다. 그때 내가 로드와 함께 죽었다면 얼마나 좋았을까?'

라우벤은 자신이 로드인 샤크를 배신했던 상황을 한 번도 잊은 적 없었다. 이후 샤크가 일루전의 초월자들과 함께 자폭했을 때 그 역시 죽고 싶었다.

그러나 샤크의 마지막 명령이자 당부로 인해 그는 살아야 했다.

'죽지 마라. 그리고 강해져라. 이후 두 번 다시 악에
게 무릎을 꿇지 마라.'

그것이 샤크의 마지막 명령이었다. 라우벤은 손을 뻗어 앞에 있는 푸른 대검을 집었다.

포르미카의 날개!

이 대검은 샤크가 마왕 포르미카를 해치운 후 그 날개를 검으로 변환시켜 라우벤에게 준 것이었다.

꽈악.

라우벤은 대검을 잡은 손에 힘을 주었다. 그러고는 제자

들을 노려보며 힘차게 말했다.

"너희들의 말이 틀리지 않구나. 우리는 그 누구에게도 부끄럽지 않은 죽음을 맞이하도록 하자. 우리가 모두 죽는다 해도 협의는 사라지지 않을 것이다. 비 온 후 새싹이 돋아나듯 협의는 어디선가 새롭게 다시 자라날 것이다. 우리의 죽음이 자양분이 되어 협의를 더욱 강하게 만들 것이다."

그러자 제자들이 함성을 지르더니 일제히 검을 위로 솟구쳐 올리며 외쳤다.

"스승님의 뜻에 따르겠습니다!"

"저희는 죽을지언정 악에게 무릎을 꿇지 않을 것입니다!"

"으하하! 비굴하게 도주해서 연명하느니 함께 맞서다 죽겠습니다."

모두의 표정은 비장하기 이를 데 없었다.

바로 그때 그들의 앞으로 환영처럼 떨어져 내리는 세 인물이 있었으니.

두 명의 여인과 한 명의 사내였다.

하늘빛의 신비로운 머리카락을 가진 여인!

그녀는 용자 플로라였다. 그녀는 라우벤을 보며 웃었다.

"호호! 용자 라우벤! 당신은 변한 것이 없군요. 당신의 제자들도 마찬가지고."

"용자 플로라! 그대가 어찌 이곳에?"

그러다 라우벤은 플로라의 뒤에서 눈물을 흘리고 있는 미소녀를 쳐다봤다.

"아니, 로니안! 너는 또 왜 이곳에 왔느냐?"

금발에 고집스러운 눈매를 가진 미소녀는 라우벤의 손녀인 로니안이었고, 그 옆에 강인한 인상을 가진 사내는 다름 아닌 피터였다.

"할아버지!"

로니안이 날듯 달려와 라우벤의 품에 안겼다. 라우벤이 그녀가 반가우면서도 우려가 가득한 표정으로 말했다.

"로니안! 이곳은 위험하니 어서 돌아가거라."

그러자 로니안은 입술을 깨물고는 단호히 고개를 흔들었다.

"저는 할아버지를 도우러 왔어요. 죽어도 같이 죽고 살아도 같이 살아야죠."

"저도 마찬가지입니다, 라우벤님. 어찌 그 사악한 적과 홀로 맞서려 하십니까?"

이제는 소년이 아닌 강인한 사내의 얼굴을 하고 있는 피터는 이미 그랜드 마스터의 경지를 초월했다. 물론 아직 라우벤에 비하면 멀었지만, 혼자서 웬만한 마왕과 일대일 승부를 벌일 수 있을 정도로 강해져 있었다.

"돌아가라. 르티아가 누구인지 알고 있지 않으냐? 너희가 가세한다고 없던 승산이 생기는 것은 아니다. 정녕 이곳에서 죽고 싶은 것이냐?"

그러자 로니안과 피터가 결연한 표정으로 말했다.

"제게 배신은 한 번으로 족해요. 저는 절대 할아버지를 두고 떠나지 않을 거예요."

"그렇습니다. 로드께서 죽으신 후 저 역시 맹세했습니다. 차라리 죽을지언정 악 앞에서 비겁한 모습을 보이지는 않겠다고 말이지요."

그들은 무슨 말을 해도 돌아갈 생각이 없는 듯했다. 라우벤은 플로라를 쳐다봤다. 그녀가 대체 무슨 생각으로 로니안과 피터를 이곳에 데려왔는지 알 수 없었기 때문이다.

라우벤의 심정을 짐작한 듯 플로라가 쓸쓸히 웃으며 말했다.

"어차피 비켜 갈 수 없는 운명이에요. 클라우드 대륙 이후엔 아디란 대륙이 되겠죠. 그럴 바엔 차라리 당당히 맞서다 죽는 편이 낫지 않겠어요? 잠시 후면 아디란 대륙의 가디언들도 이곳에 올 거예요."

플로라 역시 죽음을 각오한 듯 비장한 표정이었다.

"허어!"

라우벤은 탄식했다. 그러고 보니 당연한 일이었다. 르티아가 클라우드 대륙을 접수한 후 플로라의 아디란 대륙을 그대로 놔둘 리가 있겠는가.

플로라의 말이 옳았다. 라우벤은 다시 로니안과 피터를 바라보고는 이내 무겁게 고개를 끄덕였다.

"좋아. 너희들의 뜻이 그렇다면 남아라."

이전 같으면 상상도 못 했던 일이다. 특히 손녀바보인 라우벤으로서는 설령 협의를 어길지언정 일단 로니안부터 살려 둘 생각을 했을 것이기 때문이다.

그러나 지금의 라우벤은 달라졌다.

로니안이 죽는다면 그의 가슴이 찢어질 듯 아프겠지만, 그래도 그녀가 협의를 위해 장렬히 목숨을 바치겠다면 그 뜻을 수용하기로 마음먹었다.

르티아가 나타나면 그에게 굴복하지 않은 자는 모두 죽을 것이다. 산다 하더라도 사는 것이 아닌 신세가 될 것이며, 차라리 죽는 것만 못한 신세가 되고 말 것이다.

살고자 한다면 그에게 굴복하는 것이 현명한 일.

그러나 라우벤 등은 끝까지 맞설 것이다. 전신이 먼지로 변해 흩어지는 그 순간까지 르티아 앞에 굴복하지 않을 것이다.

라우벤은 문득 고개를 들어 하늘을 봤다. 어느새 날은 완전히 밝아져 있었다.

'이제 여기까지인가 봅니다, 로드⋯⋯.'

샤크가 살아 있다면 얼마나 좋을까? 환야에서 가장 강했던 존재! 그 앞에서 일루전의 초월자들은 한낱 무력한 짐승에 불과했었다. 특히 르티아 따위는 그의 발끝에도 미치지 못했다.

'로드! 르티아가 오고 있습니다. 제가 당신의 발끝만큼이라도 강해져서 그를 짓밟을 수 있다면 얼마나 좋겠습니까? 그러나 저의 능력은 그를 상대하기엔 너무 부족합니다. 그래도 절대 비겁하지 않는 죽음을 맞을 테니 부디 지켜봐 주십시오. 당신의 뜻을 좇아 협의를 추구하는 이들의 장렬한 죽음을 말입니다.'

그와 같은 심정은 라우벤 만이 아니었는지 모두들 하늘을 보고 있었다. 플로라와 로니안 등의 눈에도 누군가를 그리워하는 아련한 빛이 어려 있었으니.

그렇다. 그들 역시 20년 전 죽은 샤크를 떠올리고 있는 것이다. 최후의 순간이 다가오자 그에 대한 그리움이 더욱 커지는 듯했다.

스스.

그런데 바로 그때 그들의 앞에 미풍이 몰아치더니 한 명의 여인이 나타났다.

루비 빛의 신비로운 머리카락을 가진 여인.

그녀는 다름 아닌 로아탄 카렌이었다.

그녀를 본 라우벤의 두 눈이 휘둥그레 커졌다.

"오! 카렌! 당신은 대체 어디 있었소?"

당시 샤크가 죽은 이후 카렌은 홀연히 사라졌었다. 그리고 무려 20년 만에 다시 나타난 것이다.

그녀의 모습은 그때와 달라지지 않았지만, 무언가 알 수 없는 기운이 휘돌고 있어 이전보다 더욱 신비롭게 보였다.

'설마?'

라우벤은 몸을 살짝 떨었다. 저 알 수 없는 기운! 그것은 오래전 그가 샤크에게서 느꼈던 것과 유사했다. 그녀를 보자마자 뭔가 위축되는 기분이 드는 것도 비슷했다.

그때 카렌이 담담히 웃으며 말했다.

"난 계속 이 숲에 있었다, 라우벤."

"숲에서 당신을 본 적 없소만."

"번거로운 일이 싫어 내 모습을 드러내지 않았을 뿐이야."

카렌은 별일 아니라는 듯 말했지만 라우벤은 왠지 허탈한 기분이 들었다.

20년 전에 비해 그의 경지는 말할 수 없을 만큼 고강해졌다. 따라서 이제는 카렌과 비등하거나 혹은 그녀를 뛰어넘지 않았을까 기대했는데, 그것은 그만의 착각이었던 것이다.

놀랍게도 카렌은 그 사이 더욱 강해졌다. 그것도 라우벤이 그토록 이르고자 했던 초월자의 경지에 이른 것이 분명했다.

그렇지 않다면 그녀가 이 숲에 있었는데도 라우벤이 알아채지 못했을 리 없다. 무엇보다 그녀가 초월자임을 확신할 수 있는 이유는 이전에 샤크와 일루전의 초월자들에게서 느꼈던 미증유의 기운이 그녀의 몸을 휘돌고 있다는 사실이었다.

그보다 그렇다면?

라우벤의 안색이 문득 밝아졌다. 카렌이 초월자가 되었으니 잘하면 르티아를 상대할 수 있지 않을까 싶어서였다. 상황이 아주 절망적으로 흐르지만은 않는 것이다.

라우벤은 카렌을 향해 씩 웃으며 말했다.

"초월자가 된 것을 뒤늦게나마 축하드리오. 덕분에 잘하면 내일 살아서 숨을 쉴 수 있을지도 모르겠소."

"아니! 결과는 달라질 게 없을 거야."

이번에는 카렌의 얼굴에 허탈해하는 미소가 피어났다.

라우벤의 짐작대로 그녀가 초월자의 경지에 이른 것은 맞았다.

정말로 기적처럼 깨달음을 얻어 차원력이라는 것을 다룰 수 있게 된 것이었지만, 그 정도의 수준으로 다른 초월자들을 상대한다는 것은 불가능에 가까웠다.

벽을 뚫기 전까지는 그 벽이 끝인 줄 알았다.

그러나 벽을 뚫고 올라가니 상상도 해 보지 못했던 무수한 벽들이 그녀의 앞을 가로막았다.

초월자라고 다 같은 초월자가 아니다.

이를테면, 마나를 막 다루게 된 초급 무사가 방대한 마나를 쌓아 오러 블레이드를 생성해 내는 소드 마스터를 당해낼 수 없는 것은 당연한 이치.

그저 차원력을 다룰 수 있다는 것에 초월자라 부를 수 있을 뿐, 기존의 초월자들에 비하면 그녀의 경지는 막 세상에 태어난 아기와 같은 상태인 것이다.

따라서 카렌이 이 자리에 나타난 것은 사실 르티아를 쓰러뜨릴 자신이 있어서가 아니라, 라우벤 등과 같은 목적이었다.

함께 죽기 위해서!

샤크가 죽은 이후 카렌은 항상 이 순간을 기다려 왔다.

샤크처럼 협의를 위해 죽음을 맞이할 그 순간만을.

바로 그런 마음이 그녀를 초월자의 경지에 이를 수 있게 한 것이었다.

'지난 20년이 너무 길었어. 이제 나도 네가 간 그 길을 가겠다, 샤크.'

그러던 카렌이 문득 두 눈에 이채를 발했다. 그녀의 입가에 씁쓸한 미소가 피어났다.

"그가 왔군."

그라면 누구를 말하는 것일까? 당연히 르티아일 것이다. 라우벤 등의 안색이 굳어졌고 모두들 긴장으로 몸이 굳어졌다.

"그럼 맞이하러 가 볼까?"

카렌이 손을 슥 흔드는 순간 주변의 정경이 순식간에 바뀌었다.

스스스스—

방금 전까지도 머턴 왕국의 붉은 숲에 있던 라우벤 등은 황무지를 연상케 하는 벌판 위로 이동해 있었다.

사방 어디를 봐도 그 끝이 보이지 않는 광활한 벌판.

황무지의 지평선만 보일 뿐이었다.

그러나 그들은 놀라지 않았다. 이미 이곳이 어디인지 잘 알고 있으니까.

환야(幻野)!

그렇다. 이곳은 클라우드 대륙과 같은 무수한 소세계들이 모여 있는 대차원의 세계, 환야인 것이다.

그들이 서 있는 이 자리가 환야에서 클라우드 대륙으로 진입할 수 있는 통로이자 관문이며, 그들이 무너지는 순간 클라우드 대륙은 문지기 없는 집처럼 도적에게 약탈당하고 말 것이다.

두두두두—!

쿵쿵쿵쿵—!

그때였다. 방금 전까지 황무지의 지평선만 보이던 사방에 무수한 존재들이 나타났다.

마왕과 마족, 마물, 용족! 다크 엘프를 비롯한 이종족들, 심지어 피닉스나 어둠의 군주와 같은 환야의 기괴한 괴수들까지!

그야말로 듣도 보도 못한 기괴한 환야의 종족들이 사방에서 몰려오고 있었다. 모두 르티아의 부하들일 것이다.

그것을 본 카렌은 탄식했고 라우벤 등의 안색은 절망으로 물들었다.

아아, 저것들은 다 무엇이란 말인가?

르티아 한 명만 와도 될 것을, 굳이 저렇게까지 해야 하는가?

그러나 카렌은 르티아가 이렇게 한 이유를 알고 있었다.

그는 자신이 얼마나 대단한 존재인가를 알려 주고 싶은 것이며, 동시에 그 앞에서 카렌 등이 절망을 느끼기를 바라고 있는 것이다.

그 순간 마치 환영처럼 카렌의 앞에 모습을 드러낸 존재! 그는 눈부신 금발을 나부끼고 있는 미청년이었다.

"후후, 굳이 마중 나올 것까진 없었는데 말이야."

그를 노려보는 카렌의 눈빛이 흔들렸다.

'르티아!'

다름아닌 르티아였다. 한때 의로운 절대용자였던 그가 지금은 절대마왕이라 할 수 있을 만큼 사악한 존재로 변해 버렸다.

그런데 그가 일루전의 능력까지 가지게 되었으니.

이제 누가 그를 막을 수 있을까?

르티아는 잔잔한 미소를 지으며 말했다.

"그 사이 초월자가 되다니! 역시 넌 대단하구나, 카렌."

"당신에 비하면 보잘것없는 실력이죠."

"그 또한 알고 있어서 다행이로군. 그렇다. 지금의 너와 나는 굳이 비교하자면 갓 태어난 아이와 장성한 어른과 같은 차이가 있지. 네가 무슨 수를 써도 나의 그림자조차 밟지 못한다는 뜻이야."

굳이 설명하지 않아도 잘 알고 있는데 굳이 그것을 강조하는 이유는 뭘까? 틀림없이 카렌을 굴복시키려는 속셈일 것이다. 카렌은 르티아를 노려보며 말했다.

"당신이 무슨 말을 하든, 난 당신에게 굴복할 생각 없습니다. 이만 날 죽이세요. 다만, 클라우드 대륙의 사람들은 해치지 말아 주시기를 부탁합니다."

그러자 르티아는 싸늘히 웃으며 대답했다.

"카렌 네가 다시 나의 충실한 가디언이 되어 준다면 이 자리에 있는 모두는 무사할 것이다. 물론 클라우드 대륙은 지금처럼 평화로운 세계로 영원히 존재하게 되겠지. 후후, 잘 생각해 보는 게 좋을 거야. 너의 희생으로 모두를 구할 수 있다면, 그것이야말로 네가 그토록 추구하던 협의가 아니겠느냐?"

"……."

카렌의 안색이 굳어졌다. 르티아의 말대로 그녀가 희생하면 모두를 살릴 수 있는 것이다.

다시금 그의 가디언이 되기만 하면 말이다.

수치스럽지만 그런 희생으로 모두를 살릴 수 있다면, 무모하게 저항하다 죽는 것보다 훨씬 의로운 일이 아닐까?

그런데 그때였다.

"르티아! 개소리 지껄이지 마라. 이 자리에 있는 나를 비롯한 그 누구도, 또한 클라우드 대륙에 있는 그 누구도 그것을 원하지 않는다."

라우벤이었다. 그는 연이어 카렌을 향해 말했다.

"카렌! 우릴 살리겠다고 그럴 필요 없소. 당신이 르티아의 가디언이 된다면 그것이야말로 협의를 저버리고 악에게 굴복하는 것이오. 만일 그런 일을 하면 난 죽어서도 당신을 원망할 것이오."

라우벤은 대검 포르미카의 날개를 스스로의 목에 가져다대며 말했다. 그것은 카렌이 르티아에게 굴복하는 순간 스스로의 목숨을 끊겠다는 의지의 표현이었다.

그 뿐 아니었다. 로니안과 피터, 플로라 역시 비장한 눈빛으로 각자의 무기를 자신의 목이나 가슴에 가져다 댔다.

라우벤의 제자들도 마찬가지. 모두의 눈빛은 악에게 굴복해 연명하느니 차라리 죽겠다는 각오로 이글이글 타올랐다.

"호호호호!"

카렌이 통쾌한 듯 웃었다.

"내 대답을 저들이 해 줬군요. 보이나요? 르티아, 당신은 틀렸다는 걸."

그러자 르티아의 안면이 심하게 일그러졌다. 그는 카렌을 잡아먹을 듯 사납게 노려보며 말했다.

"천만에. 난 틀리지 않았어. 너희들이 어리석은 것일 뿐이지. 그렇게 죽기를 원한다면 모조리 죽여 주마. 물론 감히 나를 거부한 대가가 얼마나 끔찍한 것인지 처절히 느끼게 되겠지만 말이야."

르티아의 입가에 사악한 미소가 피어났다. 동시에 그는 손짓을 하며 외쳤다.

"마물 군단! 진격해라. 클라우드 대륙을 쓸어버려."

이제 그의 지시가 떨어졌으니 클라우드 대륙의 모든 종족들은 마물들의 먹잇감이 되어 사라지고 말 것이다.

그런데 이상하게 조용했다.

본래라면 마물들의 거친 포효와 함성들이 들려야 정상인 것이다. 어째서 이리 조용한 것일까?

'……?'

무심코 고개를 돌려 주변을 쓸어 본 르티아는 두 눈을 부릅떴다.

어찌 된 일인지 아무도 보이지 않았다. 마물들 뿐 아니라 마왕, 마족, 용족들, 그 많던 이종족 부하들과 괴수들은 다 어디로 갔단 말인가?

그는 일순간 지금 상황이 이해가 되지 않았다.

초월자인 자신이 이해할 수 없는 일이 벌어지다니, 혹시 지금 꿈을 꾸고 있는 것인가?

'이게 어찌 된……?'

그 같은 상황에 놀란 것은 르티아만이 아니었다. 그와 함께 온 일루전의 초월자들도 온통 혼란에 빠져 있었다.

20년 전 르티아를 포함해 환야에 살아남은 초월자들은 당시의 충격으로 대부분 스스로의 삶에 환멸을 느꼈다. 그들은 두 번 다시 환야의 일에 간섭하지 않겠다며 은거해 버렸지만, 르티아는 그들 중 두 명을 설득했다.

지금 르티아의 옆에 서 있는 두 명의 일루전이 바로 그들이었다. 그들은 르티아와 함께 환야를 지배하기로 했고, 이렇게 세력을 쌓아 온 것이었다.

그런데 그들이 종속시킨 수많은 권속들이 흔적도 없이 사라져 버렸으니 어찌 기겁하지 않겠는가.

스윽.

그때 누군가 그들의 앞에 나타났는데, 신기하게도 그가 마치 본래부터 그곳에 있었던 것처럼 모두에게는 당연하면서도 자연스럽게 느껴졌다.

멋들어진 흑발에 강인한 인상을 풍기는 청년. 그는 말없이 카렌의 앞으로 걸어왔다.

저벅 저벅.

특이한 건 청년이 그렇게 오는 데도 르티아와 두 명의 일루전들은 멀뚱히 그 모습을 바라만 보고 있을 뿐 그를 저지하지 못했다.

물론 그들의 마음은 저 정체불명의 수상한 청년을 붙잡아 뭔가를 캐묻고 싶었지만, 알 수 없는 기운이 그들의 몸을 옥죄고 있어 꼼짝도 할 수 없었던 것이다.

"카렌! 그대가 카렌이오?"

청년이 물었다. 카렌은 고개를 끄덕였다.

"네, 당신은 누구죠?"

"난 무혼이오. 친구의 부탁으로 한 가지 물건을 전해 주러 왔으니 받으시오."

무혼은 아공간을 열더니 그곳에서 신비한 칠색 검신의 장검을 한 자루 꺼내 카렌에게 내밀었다. 무심코 받아 장검을 손에 쥔 카렌은 몸을 세차게 떨었다. 장검으로부터 그녀가 상상할 수도 없는 가공할 기운이 스며들었기 때문이다.

놀랍게도 그것은 차원력이었다. 그녀는 무혼을 쳐다봤다.

"이 검을 누가 내게 준 것이죠?"

그러자 무혼이 씩 웃었다.

"그 친구는 숨어 있는 초월자들을 잡으러 갔으니 곧 올 것이오."

"……?"

"본래라면 지금쯤 도착했어야 했는데 늦는 걸 보니 또 그 백룡구타술을 펼치고 있는 것이 분명하오."

"네? 지금 뭐라고 했죠?"

백룡구타술이라는 말에 카렌의 두 눈이 휘둥그레 커졌다. 카렌뿐 아니라 라우벤 등도 마찬가지였다.

그들이 어찌 잊을 수 있겠는가.

백룡구타술!

그것은 꿈에도 잊을 수 없는 단어이리라.

그 말이 어찌 처음 보는 청년 무혼의 입에서 나오는지 그들은 이해할 수 없었다. 무혼은 문득 인상을 구겼다.

"제길! 그나저나 나보고는 그냥 상황을 지켜보고 있으라 했는데, 어쩔 수 없이 관여하고 말았군. 망할 놈의 용하술 같으니! 친구를 이렇게 부려 먹는 건가."

용하술이라는 말에 카렌 등의 표정은 다시 경악으로 물들었다. 백룡구타술에 용하술까지! 무혼의 입에서 나온 말들은 그들이 그토록 그리워하는 누군가가 입버릇처럼 사용하던 말들이었으니까.

"설마?"

카렌이 무혼을 뚫어져라 쳐다봤다. 무혼은 어깨를 으쓱 했다.

"어쨌든 난 이만 가 볼 테니 남은 건 그대가 알아서 처리 하시오."

그러다 무혼은 힐끗 시선을 돌려 라우벤 등을 쳐다보더니 흐뭇한 미소를 흘리며 말을 이었다.

"환야의 미래가 아주 기대 되는군. 절대용자의 재목들이 이렇게 많다니 말이야. 흠, 이 또한 그 녀석의 용하술 덕분 인가."

그는 뜻 모를 말을 하더니 신형을 돌렸다. 그리고 한 걸음 걸었을까? 그의 신형은 흔적도 없이 사라져 버렸다. 마치 애초부터 그 자리에 없었던 것처럼 말이다.

한편 바로 그때서야 르티아와 두 명의 일루전들은 속박에서 풀려났다. 그들은 방금 전 자신들을 무력하게 만들었던 알 수 없는 존재를 떠올리고는 몸을 떨었다.

'으! 그자는 대체 누구인가?'

'환야에 그와 같은 자가 있었다니!'

그야말로 20년 전 사라진 샤크를 떠올리게 만들 만큼 소름 끼치는 존재였다. 그런 자가 있는 한 환야를 정복한다는 건 한낱 개꿈에 불과하리라.

'이럴 때가 아니다.'

'그자가 찾을 수 없는 곳으로 도주해야 해.'

르티아 등은 다급히 이 자리를 벗어나려 했다.

그러나 이상하게도 그들의 움직임은 매우 느렸다. 엄청난 차원력의 압력이 그들을 누르고 있었기 때문이다.

츠츠츠츠—

놀랍게도 그 가공스러운 차원력은 카렌으로부터 발산되고 있었으니.

물론 무혼이 친구의 선물이라며 건네준 검을 손에 쥐고서부터 생겨난 능력이었다.

'아!'

카렌 또한 이 상황을 믿을 수 없었다. 검에는 그녀가 가히 수천 년 아니, 그보다 더 아득한 시간을 노력해야 얻을 수 있는 방대한 차원력이 깃들어 있었고, 검을 손에 쥐는 순간부터 그녀는 그 힘을 자유자재로 사용할 수 있게 된 것이다.

오직 초월자의 경지에 이르러야만 사용이 가능한 차원력의 검!

이런 놀라운 무기를 만든 자가 대체 누구일까?

언뜻 누군지 알 것 같았지만 아직 확신할 수는 없었다. 그는 죽었는데. 설마 그때 죽지 않았단 말인가?

그러나 그런 의문은 뒤로하고 카렌은 지금 자신이 해야 할 일을 자각했다.

"르티아!"

그녀의 신형은 어느새 르티아의 앞에 서 있었다.

비틀거리고 있는 세 초월자들.

르티아와 두 명의 일루전들은 아까까지만 해도 감히 그녀가 범접할 수 없는 강력한 기운을 풍겼지만, 지금은 아니었다.

그것은 당연한 일이었다.

그들은 20년 전 차원력을 샤크에게 몽땅 빼앗겼기에, 현재 간신히 20여 년만큼의 차원력만 보유하고 있을 뿐이었으니까.

반면에 아까까지 차원력이 없는 것이나 마찬가지였던 카렌은 신비한 칠색의 장검이 주는 미증유의 차원력을 사용할 수 있는 상태.

즉, 아까와는 상황이 완전히 뒤바뀌었다고 볼 수 있었다.

"카렌…… 설마 나를 죽일 셈이냐?"

르티아가 한없이 처연한 표정으로 말했다. 대체 상황이 어떻게 된 것인지 여전히 이해할 수 없지만, 그 역시 지금 자신의 생사가 카렌에게 달려 있음은 알고 있었던 것이다.

"부탁이다. 날 살려 주면 두 번 다시 환야에 나오지 않고 조용히 숨어 살겠다."

"살려 주시오."

"제발!"

다른 두 명의 일루전들도 애처로운 표정을 지으며 부탁했다.

"그러기에는……."

예전이었으면 망설였을지도 모른다. 그러나 지금의 카렌은 르티아에 대해 그 어떤 동정이나 미련도 없었다.

"너무 멀리 왔군요."

카렌은 주저 없이 검을 휘둘렀다. 그녀의 검에서 세 번의 빛이 번쩍이는 순간 르티아 등은 맥없이 바닥으로 주저앉았다.

"크윽!"

"으으……."

차원력의 진원이 단번에 파괴된 그들은 더 이상 초월자로서의 능력을 발휘할 수 없었다. 다시금 20년 전의 상태로 돌아간 것이다.

게다가 카렌이 펼친 검기가 그들의 몸을 사정없이 헤집어 버렸기에 생명력조차 거의 사라진 상태였다.

최후의 목숨을 끊지 않은 이유는 단 하나.

그들의 최후를 심판할 자격이 있는 존재는 따로 있으니까.

그녀에게 이 신비한 차원력의 검을 선물로 준 존재!

언제 나타났는지 그가 그녀의 앞에 서서 미소 짓고 있었던 것이다.

신비로운 은발을 흩날리고 있는 미청년.

20년만이지만 그의 모습을 어찌 잊을 수 있을까?

"샤크!"

설마 했지만 샤크가 살아 있을 줄이야. 카렌뿐 아니라 라우벤, 플로라, 로니안 등도 이것이 꿈인가 싶었다.

"오! 로드!"

"아아! 당신은!"

"흑! 살아 계셨군요, 로드!"

그들은 이제야 지금 상황이 어떻게 되었는지 이해할 수 있었다. 아까까지만 해도 환야의 모든 것을 움켜쥘 듯했던 저 끔찍한 르티아가 한 덩이 고깃덩이가 되어 신음하게 된 이유를.

그것은 당연했다.

그가 돌아왔으니까.

환야의 역사상 최강의 마왕!

환야의 마제라 불리는 그가 돌아왔으니까.

"내가 늦지 않아서 다행이군. 카렌! 라우벤! 그리고 모두 들어라! 나는 협의를 위해 죽음을 불사한 너희들을 진정으로 자랑스럽게 생각한다."

샤크는 모두를 하나하나 부드럽게 쓸어 보며 미소 지어 주었다. 라우벤이 크게 웃었다.

"으하하하! 로드! 그간 얼마나 스스로 죽을 생각을 했는지 모릅니다. 그런데 로드께서 살아 계시다니! 죽지 않고 살아 있다는 것이 이렇게 기쁠 줄은 몰랐습니다."

"그래서 내가 죽지 말라고 하지 않았느냐?"

"그 말씀이 그 뜻이었습니까?"

"물론이다. 내가 그리 쉽게 죽을 줄 알았느냐? 어쨌든 고생 많았다."

"흐흐, 물론입니다. 고생이야 많았지요. 그래서 이제는 좀 쉬려고 합니다."

"쉰다고?"

"로드께서 오셨는데 이제 악이 활개를 칠 수나 있겠습니까? 할 일도 없을 테니 어디 경치 좋은 데 가서 낚시나 할까 생각 중입니다."

그러자 샤크가 픽 웃더니 라우벤의 어깨를 쓰다듬으며 말했다.

"휴가는 보내 주마. 낚시하기 좋은 데로 말이야. 하지만 그 이후엔 더 바빠질 거다."

"예? 바빠지다니요?"

라우벤이 물었지만 그 사이 샤크는 라우벤을 지나쳐 카렌의 앞에 서 있었다.

"카렌!"

샤크는 카렌에게 뭔가 할 말이 있는 듯했다. 카렌이 쳐다

보자 그는 다시 입을 열어 말했다.

"이제 나의 가디언이 되어 주겠느냐?"

"가디언이라고?"

"그래."

순간 카렌의 두 눈이 커졌다. 그녀는 샤크가 그 같은 말을 할 줄은 몰랐던 것이다.

사실상 그것이야말로 그녀가 그토록 바라 마지않던 것이었다. 그런데 샤크는 그녀로 하여금 가디언이 아닌 절대용자가 되라며 그것을 거부했었던 것이다.

그랬던 샤크가 이제 그녀에게 자신의 가디언이 되어 달라는 부탁을 할 줄이야.

"그 말 진심이야? 정말로 내가 너의 가디언이 되기를 원해?"

카렌이 묻자 샤크가 미소 지었다.

"카렌! 넌 그냥 내 옆에 있으면 된다. 내가 널 지켜 주겠다. 영원히."

카렌의 몸이 떨렸다. 곧바로 그녀는 붉어진 안색으로 샤크를 노려봤다.

"천만에! 지켜 주는 일은 가디언의 책무야. 이제부터는 내가 널 영원히 지켜 주겠어. 샤크 네가 준 이 검으로!"

카렌이 샤크에게 가디언으로서 할 수 있는 경의를 표하려 하자 샤크가 재빨리 그녀를 끌어당겨 입을 맞췄다.

카렌은 깜짝 놀랐지만 이내 눈을 감고 두 팔로 샤크의 목을 끌어안았다.

시간이 정지라도 된 것일까?

이 순간이 영원처럼 느껴졌다.

그러나 그들의 달콤한 입맞춤은 누군가의 투덜거림으로 인해 금방 끝마쳐야 했으니.

"어이! 적당히들 하라고. 젠장! 이거 애인 없는 놈은 서러워서 살겠나. 그리고 지금 한가하게 연애질을 할 때냐? 할 거면 일이나 끝마치고 하든가 말이야."

다름 아닌 무혼이었다. 그는 뭔가 배가 아파 죽겠다는 듯한 표정으로 인상을 구긴 채 그들을 노려보고 있었다. 샤크는 멋쩍어하는 표정으로 물었다

"무슨 할 일 말이냐?"

"일단 쟤들은 어쩔 거야?"

무혼이 바닥에 널브러져 있는 르티아 등을 가리켰다. 샤크는 당연하다는 듯 대답했다.

"죽여야지."

일고의 가치도 없다. 샤크는 절대 르티아를 살려 둘 생각

이 없었다.

그러자 무혼이 고개를 흔들었다.

"그보다 더 좋은 방법이 있지. 저런 나쁜 녀석들을 이대로 쉽게 죽인다는 건 너무 후한 처사가 아니겠느냐? 저 녀석들은 자신들이 한 짓을 영원히 후회하게 만들어 줄 필요가 있다."

"그게 뭔데?"

"미스토스의 세계에서 새로운 운명을 얻은 자들에게 도움을 주는 존재. 이를테면 능력을 봉인한 후 대왕 슬라임이나 대왕 거미 정도로 만들면 딱 좋겠지."

"그렇군⋯⋯!"

샤크는 이내 무혼의 뜻을 알아챘다. 르티아 등을 대왕 슬라임과 같은 하급 두목 몬스터로 만들어 영원히 미스토스의 세계에서 살아가게 만든다면?

르티아 등은 초보 여행자들의 사냥감이 되어 죽고 부활하는 것을 끝없이 반복하며 살아가게 될 것이다. 세상에 그것처럼 무서운 징계가 어디 있겠는가.

샤크는 고개를 끄덕였다.

"정말 좋은 생각이다, 무혼. 저 녀석들을 거기다 투입해야겠어."

무혼은 미소 지었다.

"나 역시 그런 녀석들이 꽤 있지. 죽여 버릴까 했지만 일단 그런 식으로 써먹고 있다. 언젠가 아득한 시간이 흘러 그 녀석들이 진심으로 자신의 일을 참회하면 처음부터 다시 용자로서 시작할 기회를 줄 생각이야."

"글쎄! 나는 그건 두고 봐야 알겠군."

샤크는 당연히 르티아에게 그런 기회를 주고 싶은 생각이 없었다. 그러나 시간이 흐르고 흘러 혹시라도 르티아가 진정으로 참회한다면?

그래도 별로 용서하고 싶은 생각은 없지만, 그래도 한 1만 년쯤 지나서 다시 생각해 보기로 했다.

"그보다 미스토스의 원천이 언제 없어질지 모르니 서두르는 게 좋을 거다."

"그렇지 않아도 가려고 했다."

무혼이 재촉하지 않아도 샤크는 환야에 존재하는 미스토스의 원천에 새로운 세계를 창조하는 일을 서두를 생각이었다.

이미 초월자들은 모두 샤크의 일에 협조하기로 했다. 샤크가 차원력을 일부 돌려주는 대신 의미 있는 일을 할 기회를 주자 그들은 오히려 샤크에게 고마워했다.

물론 그 전에 상당한 수준의 용하술이 발휘되었지만 말이다.

　이후로 환야에 새로운 세계가 탄생했으니.

　짙은 자줏빛 안개로 둘러싸인 미지의 세계!

　그곳을 환야의 마제인 샤크는 샤론 대륙이라 불렀다.

　샤론 대륙!

　그곳에 가면 누구나 새로운 운명을 얻고, 용자 혹은 용자의 가디언이 될 수 있는 기회를 얻을 수 있었다.

　그 누구에게든 처음부터 다시 시작할 기회가 주어졌다.

　인간이나 이종족은 물론이고 심지어 마족이나 마물, 드물게는 마왕들에게도 말이다.

＊　　　＊　　　＊

　"헉! 헉! 제발 좀 쫓아오지 마라."

　"당장 서! 거기 안 서냐?"

　환야의 광활한 벌판 위에서 추격전을 벌이고 있는 마왕과 용자.

　그중 도주하는 이는 마왕이었고, 뒤쫓는 이는 용자였다.

푸른 대검을 번쩍 쳐들고 있는 그 용자는 다름 아닌 라우벤. 그 앞에서 죽을상을 하며 도주하고 있는 귀여운 소년 형상의 마왕은 매릭이었다.

　"제길! 지겹지도 않으냐? 제발 좀 날 그대로 내버려 둬."

　"흐흐, 내가 네놈을 찾느라 얼마나 고생했는지 아느냐? 지겨우면 거기 멈추든가."

　매릭이 사정했지만 라우벤은 멈출 기세가 아니었다.

　"으으! 내가 멈출 것 같으냐?"

　잡히면 죽는다는 생각에 매릭은 죽을힘을 쓰고 달렸다. 그러던 그의 앞에 짙은 자줏빛 안개 지대가 나타났으니.

　"앗! 저곳은?"

　매릭은 움찔 놀랐다. 그는 저 안개 지대의 저편에 무엇이 있는지 잘 알고 있었던 것이다.

　저 안으로 들어가면 매릭은 마왕으로서의 모든 능력을 상실하게 되어 있었다. 새로운 운명을 얻을 수도 있다지만, 마왕으로서의 능력이 사라지면 그게 무슨 소용인가?

　따라서 마왕들이나 마족들이 자발적으로 저 안에 들어가는 경우란 거의 없다 봐야 했다. 미치지 않고서야 말이다.

　"흐흐! 이제야 멈췄느냐? 뒈져랏!"

　그러나 거대한 대검을 폭풍처럼 휘두르며 달려오는 라

우벤의 기세에 매릭은 어쩔 수 없다는 듯 안개 속으로 몸을 날렸다.

그렇게 환야에서 마왕 하나가 사라졌다.

동시에 매릭은 자신이 기괴한 생명체로 재탄생했음을 알 수 있었다.

그것은 그가 너무도 잘 알고 있는 존재였다.

꾸물대는 끈적끈적한 액체 형상의 마물.

다름 아닌 수준 1의 슬라임이었다.

"으의! 뭐냐? 여기 오면 새로운 운명을 얻는다더니. 내가 왜 슬라임이 돼!"

매릭은 절규했다. 그러나 그가 어찌 알겠는가.

마왕과 마족 등에게는 무조건 좋게만 새로운 운명이 주어지는 것이 아님을.

그것은 외부에 알려져 있지 않은 샤론 대륙의 비밀이었던 것이다.

"크악! 이렇게는 못 살아! 마왕인 내가! 내가 슬라임이라니! 나 매릭이 슬라임이라니!"

그렇게 몸부림치는 슬라임 매릭의 앞에 웬 거대한 슬라임 하나가 다가오더니 험악한 기세를 뿜어냈다.

"입 닥치고 조용히 따라와라."

"너, 너는 누구냐?"

매릭은 움찔하며 물었다. 수준 1의 슬라임인 그로서는 지금 나타난 수준 5의 두목 슬라임을 당해 낼 수 없다는 사실을 본능적으로 직감한 것이다.

두목 슬라임이 기괴한 미소를 흘리며 말했다.

"그러니까 네가 전직 마왕이었다고?"

"그, 그렇습니다만."

"그게 별거냐. 저기 있는 저 녀석도 마왕이었고, 쟤도 마왕이었다."

두목 슬라임은 자신의 부하 슬라임들을 가리키며 말했다.

매릭은 자신과 같은 운명의 동지들을 만났나는 생각에 놀라우면서도 반가웠다.

"그럼 두목님도 마왕이셨습니까?"

그러자 두목 슬라임의 표정에 짙은 허탈함이 스쳤다.

"아니, 난 초월자였다."

"헉! 초월자라고요?"

매릭은 깜짝 놀랐다. 초월자라니. 초월자가 어쩌다 슬라임 신세가 되었단 말인가.

그러나 그가 어찌 짐작이나 할 수 있을까?

그 앞에 있는 수준 5의 두목 슬라임이 바로 한때는 환야의 절대용자였고, 초월자이기도 했던 르티아였다는 사실을.

<환야의 마제 완결>

작가 후기

환야의 마제가 완결되었습니다. 끝까지 즐겁게 보아 주신 독자 제현 여러분께 진심으로 감사드립니다. 저는 더욱 흥미롭고 재밌는 글로 다시 찾아뵙겠습니다.

2016년 새해에 모두에게 좋은 일만 가득하고, 원하시는 일 다 성취하시길 기원합니다.

오렌 배상.

DREAMBOOKS